Die Jerichorose oder
Sehnsucht des Ufers nach dem Fluss

AF223105

Da sprach er: Nicht Jakob soll hinfort dein Name heißen, sondern Israel; denn du hast mit Gott und mit Menschen gerungen und obsiegt.

(1 Mose 32,29)

Susanne Wirtz

Die Jerichorose
oder
Sehnsucht des Ufers
nach dem Fluss

Bibliografische Information der Deutschen Nationalbibliothek:
Die Deutsche Nationalbibliothek verzeichnet diese Publikation
in der Deutschen Nationalbibliografie; detaillierte bibliografische
Daten sind im Internet über dnb.dnb.de abrufbar.

Die automatisierte Analyse des Werkes, um daraus
Informationen insbesondere über Muster, Trends und
Korrelationen gemäß § 44b UrhG (»Text und Data Mining«)
zu gewinnen, ist untersagt.

Umschlaggestaltung: skdesign, Köln
Fotos: svarshik / Adobe Stock, estherm / photocase.de

Satz, Herstellung und Verlag:
BoD – Books on Demand, Norderstedt

ISBN: 978-3-7597-1245-5

Prolog

1971

Vorsichtig legt Rita das dünne Laken über den schlafenden Kinderkörper. Der Nachmittag im Streichelzoo des Kibbutz hat den Kleinen so erschöpft, dass er noch während des Abendessens auf seinem Hochstuhl eingeschlafen ist und auch nicht wach wurde, als seine Mutter ihm das Nachthemdchen überstreifte.

Uri steckt seinen Kopf durch die Schlafzimmertür, auf seinem Unterarm balanciert er zwei Hemden. Schon gestern hat er begonnen, Kleidungsstücke in die Koffer zu legen, obwohl sie erst in knapp einer Woche abreisen würden.

»Siehst du, wie zufrieden er ist?« Rita zieht das Laken über ihrem Sohn glatt und schaut auf ihren Mann, der ans Kinderbettchen tritt.

»Was soll das heißen?«, fragt Uri misstrauisch und streichelt seinem Sohn die roten Pausbacken.

»Er fühlt sich wohl hier, wir könnten ihn eine Weile bei deinen Eltern lassen. Simcha und Zipora lieben ihn ...«

»Aber wir sind seine Eltern«, herrscht Uri sie an. Der Kleine zuckt zusammen.

» ... die ihm im Moment nicht viel bieten können. Stell dir vor, der Chef hat mir angeboten, bei ihm eine Bürolehre zu machen! Ich hätte einen richtigen Beruf!«

»Lehre, Beruf!«, äfft er Rita nach. »Fang nicht wieder damit an! Bald finde ich eine bessere Arbeit und kann für uns alle sorgen. Ich habe einen Freund mit einer Spedition, er zahlt anständig und will mich einstellen.« Uri schluckt. Hermann hat ihm schon einige Male leere Versprechungen gemacht, sein Wort zählt nichts.

»In Ordnung. Du suchst dir eine neue Firma, ich lerne einen vernünftigen Beruf und dann holen wir ihn wieder nach Hause.«

Uri legt seinen Finger auf den Mund. Rita senkt die Stimme.

»Wir könnten uns eine richtige Wohnung leisten mit Balkon und Müllschlucker!«

Sie wechseln in das winzige Wohnzimmer des Gästeapartments. Uri schenkt Arak ein und zündet sich eine Zigarette an.

»Unser Sohn wäre im Kinderhaus gut aufgehoben. Deine Schwester sagt, die Pflegerinnen dort machen eine lange Ausbildung. Sie verstehen mehr von Kindern als wir!« Rita denkt an ihre Mutter – vielleicht wäre es besser gewesen, auch sie hätte die Erziehung ihrer Kinder in erfahrenere Hände gegeben.

»Ja, meine Schwester glaubt an den ganzen Kram von Gemeinschaft und heiler Welt. Sie kriegt gar nicht genug davon«, höhnt Uri.

Rita treten Tränen in die Augen. Uris wechselnde Arbeitsstellen und das knappe Geld sind nur ein Grund, warum sie eine Lehre machen will. Immer ist sie für andere da gewesen; erst für den Bruder, später für Oma, die sie bis zum Tod gepflegt hat. Und jetzt: Vater, Mutter, Kind. Eine Seite in ihr wünscht es sich so. Aber die andere möchte das Leben genießen und Spaß haben.

Sie gibt nicht auf. »Er wird sich schnell eingewöhnen und *Ivrit* lernen. Hier hat er Kinder um sich, genug Platz zum Spielen und Tiere. Ein Paradies! Hast du gesehen, wie viel Spaß er heute im Streichelzoo hatte?«

Uri gibt sich geschlagen, sonst würde sie ihm vorhalten, was er lieber verdrängt. Vor zwei Jahren, nach der Kündigung bei Siepen-Bau, hatte er sich betrunken. Erst nach Mitternacht wankte er ins Schlafzimmer der Mansardenwohnung, hoffte, dass Rita schlief. Aber sie war wach und verlangte Erklärungen – das Letzte, wonach ihm zumute war. Wenn er nach dem deprimierenden Tag schon nicht schlafen durfte, wollte er wenigstens etwas Vergnügen. Er schlug Rita die Pariser, die sie noch versuchte aus der Nachttischschublade zu ziehen, aus der Hand. Wohl hundert Mal hat er sich bei ihr dafür entschuldigt.

»Ich liebe mein Kind«, bringt er hilflos hervor.

»Ich doch auch!« Sie streichelt Uris Gesicht. In seine braunen, von langen Wimpern gesäumten Augen, seinen Mund, das kotelettengerahmte Gesicht und das gewellte Haar hatte sie sich verliebt. In den sanften, verletzlichen Uri, der sie mit Kinokarten überraschte und ihr das viel zu teure Kleid kaufte. Der, wenn sie Oma vermisste, Stiefmütterchen besorgte und Rita auf dem Motorroller zum Friedhof fuhr.

Am langen Arm

2012

Kaum waren kurz nach Mitternacht die letzten Tangotakte verklungen, folgte unausweichlich, was Daniel den ganzen Abend befürchtet hatte. Annette sah ihn unsicher an und fasste sich ein Herz. »Lass uns zu dir fahren!«

»Ich hatte eine lange Woche«, hörte er sich stammeln und hasste sich dafür, noch bevor die Worte ausgesprochen waren. Hasste die enttäuschten Augen in ihrem Gesicht, das sich nun von ihm abwandte. Sie wechselte in Windeseile die Schuhe. Trotz der kühlen Nacht warf sie sich den Mantel nur über die Schultern und verließ den Tangosalon.

»Nicht so eilig!« Daniel versuchte, seiner Stimme einen humorvollen Klang zu verleihen, als er Annette auf dem Parkplatz einholte. »Du könntest morgen zum Frühstück kommen.«

Sie nickte, zu stolz, um ihre Freude über die Einladung zu zeigen, vielleicht freute sie sich auch gar nicht über das hingeworfene Trostpflaster. Er drückte ihr zum Abschied einen Kuss auf die Wange.

»Bis morgen früh!« Annette klang schon munterer, zog die Autotür zu und hupte sogar, als der Kies beim Anfahren unter den Reifen knirschte. Er schaute den Rücklichtern ihres Wagens nach, der in der Dunkelheit verschwand.

Eigentlich wollte Daniel für Annettes Besuch etwas Ordnung schaffen, aber zuhause gewann seine liebgewordene Routine Oberhand. Einmal hatte er ihr davon erzählt. Sie nannte es *Heimkehrritual* und wuschelte ihm dabei liebevoll durch die Haare. Heimkehr: Das Tortellini-Gericht in der Mikrowelle aufwärmen. Während es seine Runden dreht, pinkeln. Ein Glas Pinot Grigio einschenken und die Spielkonsole starten.

Die vielen Menschen auf der *Milonga* und der Smalltalk mit den anderen Tänzern hatten ihn erschöpft. Auch Annette war anstrengend. Sie zog ihn, kaum waren sie angekommen, auf die Tanzfläche, aber Daniel musste sich erst an den vollen Saal gewöhnen. Sie wollte die meiste Zeit eng tanzen, dabei ließen sich die Figuren auseinander besser lernen, wie Esteban, der Tangolehrer, immer wieder betonte.

Ihre Wünsche und Ideen für das Wochenende, den nächsten Urlaub oder das nächste Sonstirgendwas waren Daniel zu viel, auch wenn er ihre Lebendigkeit und ihren entwaffnenden Humor schätzte.

Der flimmernde Bildschirm beruhigte ihn sofort. Gierig nahm er die ersten Schlucke Wein, verschlang die Tortellini und versank in der Science-Fiction-Welt von *Mass Effect 3*. Er hatte sich das Spiel zum 42. Geburtstag selbst geschenkt. Mit dem ersten Vogelzwitschern schleppte er sich erschöpft ins Bett.

Daniel hörte Annettes Klingeln erst im letzten Moment. Sie schwenkte eine Brötchentüte. »Rat mal, was ich mitgebracht habe!«

Er drückte ihr einen Kuss auf die Wange. »Rosinenweckchen?«

»Schokocroissants. Die magst du doch so gerne.«

Zusammen deckten sie den Tisch, der Frühstücksplatz, Schreibtisch und Bügelbrett in einem war. Obwohl Annette bereits öfter bei ihm übernachtet hatte, entdeckte sie jedes Mal neue Einzelheiten in seiner Wohnung, die mit bunt durcheinandergewürfelten Möbeln zugestellt war.

»Bist du das?«

Sie deutete auf die Schwarz-Weiß-Bilder an der Wand. Ein Foto zeigt einen dunkelhaarigen Jungen auf einem Schaukelpferd, mehr angetippt als gehalten von einem dürren Frauenarm, dessen Besitzerin nicht zu sehen ist.

»Ja.«

»Wie alt bist du da?«

Daniel zuckte die Schultern. »Ich weiß nicht. Zwei Jahre vielleicht.«

»Und wem gehört der Arm?«

»Wahrscheinlich meiner Mutter.«

»Ich muss gerade an ein Babyfoto von meinem Vater denken«, plapperte Annette munter. »Er saß auf einem Stuhl. Über der Lehne hing eine Decke, damit niemand sah, dass er von hinten gestützt wurde. Alle sollten glauben, dass er schon sitzen kann.«

Annette schmökerte in alten Zeiten wie andere in einem spannenden Buch. Daniel kannte kaum Geschichten aus seiner Kindheit und wusste wenig über seine Mutter, die sich gerne beim Vornamen nennen ließ. Rita.

Er erinnerte sich nur an einen Besuch in Rheinsehlen, eine Barackensiedlung, in der nach dem Krieg Vertriebene aus dem Osten untergebracht worden waren. Mutter war ganz aufgekratzt und nahm ihn an der Hand. Daniel widersetzte sich nicht, obwohl er sich eigentlich schon zu groß dafür fühlte.

»In so einer Holzhütte bin ich aufgewachsen«, erzählte Rita, als sie die ehemaligen Lagerwege entlanggingen. Nach der Flucht aus dem Sudetenland hatte sie mit ihrer Mutter, dem älteren Bruder Theo und Oma Berta in zwei winzigen Zimmern gehaust. Der Bruder war nach einer Diphtherie-Infektion geistig behindert und durfte nie unbeaufsichtigt sein.

1950 wurde das Flüchtlingslager aufgelöst und sie bekamen am Stadtrand von Lüneburg eine Wohnung zugewiesen. Ihr Vater kehrte erst Jahre später abgemagert und gebrochen aus sowjetischer Kriegsgefangenschaft zurück.

»Er saß tagelang schweigend am Fenster und ich musste mich nach den Hausaufgaben um Theo kümmern und kochen, während Mutter und Oma arbeiten gingen.«

Annettes Blick schweifte weiter über die Fotos. »Und wo ist das aufgenommen?«

Ein Kleinkind watet an der Hand einer älteren Frau durchs Wasser.

»Am Mittelmeer. In Israel.«

»Du warst in Israel? Davon hast du gar nichts erzählt!«

Musste er denn? Annettes Neugier höhlte ihn aus und die Entdeckerlust in ihren Augen ließ ihn schaudern.

»Mein Vater ist Israeli, wir waren dort in Urlaub.«

Sie zögerte. »Hast du auch Fotos von deinem Sohn? Wie heißt er noch gleich?«

»Jetzt nicht!«, blaffte Daniel sie an.

Por una Cabeza

Nach dem Wochenende brauchte Daniel seine Ruhe, um sich zentimeterweise den Boden zurückzuerobern, den Annette unter seinen Füßen weggezogen hatte. Sie musste sich gedulden, ehe er ihre SMS beantwortete (aus ihm unverständlichen Gründen hing sie an ihrem alten Handy und konnte keine WhatsApps verschicken) oder ans Telefon ging.

Warum beließen sie es nicht beim Tango? Der Tanz schrieb körperliche Nähe vor, begrenzte sie jedoch zugleich. Wenn sie sich zu Carlos Gardels *Por una Cabeza* im Kreis der anderen Paare bewegten und die Stimme des Tangosängers auf der alten Schallplatte knisterte, träumte sich Daniel in eine heiße Sommernacht auf einer Plaza in Buenos Aires. Das schummrige Licht warf sich wie ein schützender Schleier über sie. Er musste Annette nicht anschauen, nichts sagen und nichts erklären. Nur führen und sich den tausend kleinen Stromstößen überlassen, die seinen Körper in warmen Wellen durchfluteten. Er konnte sich ja jederzeit zurückziehen, wenn er drohte, hinweggespült zu werden. Es war doch bloß ein Tanz.

Er traf Annette bei der *Milonga* in der Severins-torburg, wo sie zusammen mit zwei anderen Frauen aus dem Tango-Kurs an einem Tisch-chen saß. Daniel entschied sich für die Flucht nach vorn – sie würde ihn ohnehin bemerken. Obendrein spielten sie *Vals*. Vielleicht könnte er Boden gutmachen. Annette liebte diese be-schwingte Variante des Tangos, die Elemente des Wiener Walzers enthielt.

»Wollen wir tanzen?«, fragte er betont lässig.

Sie nickte, aber er spürte schon bei den ersten Takten ihren Widerstand.

»Was ist los?«

»Ich habe x-mal versucht, dich zu erreichen. Warum hast du nicht zurückgerufen?«

»Wenn dir das alles nicht passt, dann lass es«, fuhr er sie barscher an als beabsichtigt. Aber sie bedrängte ihn, ließ ihm keine Wahl. »Du möchtest mehr Romantik – das kann ich nicht bieten. Dich öfter treffen? Das krieg ich nicht hin!«

Daniels Herz schlug bis zum Hals. Er ließ sie stehen und flüchtete nach draußen, wo er sich bei den verblassenden Tangoklängen langsam beruhigte. Er schlenderte zum Chlodwigplatz und holte sich an einem der türkischen Imbisse einen Döner, den er auf dem Weg zum Auto hinunterschlang. In der Sicherheit seines *Golfs* sank sein Kopf erschöpft auf das Lenkrad.

Nordsee

Vier Wochen nach dem überstürzten Aufbruch vermisste er Annette und rief sie an. Sie machte ihm keine Vorwürfe, was ihn ermutigte, ein gemeinsames Wochenende vorzuschlagen. Annette wollte an die Nordsee, für zwei Tage aber wäre die Fahrt zu weit. Fünf Tage also. Sie nahmen ihren *KIA*, den sie *Weißer Schwan* getauft hatten. Sie weigerte sich, vollzutanken – das Benzin würde locker bis Cuxhaven reichen.

Ab Osnabrück rutschte Daniel unruhig auf dem Beifahrersitz hin und her. Andauernd schweifte sein Blick in Richtung Tankanzeige. Er versuchte es mit Ablenkung, sortierte die vorbeifahrenden Autos nach Farben und Kennzeichen und führte schließlich auf den Zeitungsrändern Strichlisten. Achtmal HB, darunter drei graue, viermal HH, CUX ... es half nichts. Unausweichlich landete er bei der Tankuhr: wenig mehr als halbvoll. Warum hatte er sich auf die Sache eingelassen? Fünf Tage Zweisamkeit ... das war fast eine Woche! Zumindest hätte er darauf bestehen müssen, mit seinem *Golf* zu fahren, da hätte er die Tankpausen selbst bestimmt und sich sicher gefühlt. Daniels Füße begannen zu kribbeln und es legte sich ein Gewicht auf seine Brust.

»Was ist los?«, fragte Annette.

»Kannst du bitte anhalten?«

Während der Kaffeepause stellte er sich vor sie, legte seine Hände auf ihre Schultern und schaute ihr fest in die Augen.

»Ich weiß, dass der Sprit bis Cuxhaven reicht, aber ich fühle mich nicht wohl mit halbleerem Tank.«

Annette schmolz augenblicklich dahin. Sie legte den Kopf zur Seite und küsste ihn zärtlich auf die Augen.

Ihre Stimme bebte. »Du glaubst gar nicht, was es mir bedeutet, dass du mir das sagst.«

Daniel sah sie fragend an.

»Die Art und Weise – statt dich aufzuregen, vertraust du dich mir an, verstehst du?«

Er verstand nicht. Ihre Reaktion war überzogen und theatralisch. Er hatte ihr doch keine Liebeserklärung gemacht!

»O.k.«, scherzte sie, als sie wieder im Wagen saßen, »wir halten bei der nächsten Tankstelle. Aber nur, wenn du mir im Shop einen Schokoriegel kaufst.«

»Geht klar.« Wenn es ihm gelänge, in bestimmten Situationen ruhig zu bleiben, konnte es mit ihnen vielleicht funktionieren.

Kaum hatten sie vor der Airbnb-Wohnung geparkt, begann es wie aus Eimern zu schütten. Sie warteten auf das Ende des Regens, der Wind trug jedoch immer neue und dunklere Wolken vom Meer heran.

Annette räusperte sich. »Es bringt nichts, weiter im Auto zu hocken. Ich gucke nach der Schlüsselbox und dann trägst du schnell die Sachen rein.«

»Ich bin nicht dein Bimbo, kommandier mich gefälligst nicht rum!« Daniel fingerte nach seinem Handy und checkte hektisch die Wetter-App.

»Überleg mal, was du da sagst!«

»Überleg mal, was du da sagst«, äffte er sie nach. »Ich habe keine Lust, mich nassregnen zu lassen!«

»Musst du auch nicht, ich halte den Schirm!«

Die Wohnung wirkte größer als auf den Bildern im Internet und die Terrakotta-Töne verbreiteten zusammen mit der warmen Beleuchtung eine anheimelnde Atmosphäre. Im Kühlschrank entdeckten sie zwei Piccolos – ein Willkommensgruß des Vermieters – und stießen auf den Urlaub an.

Der Sekt tat seine Wirkung. »Wir packen jetzt die Taschen aus, danach ist der Regen sicher vorbei. An der Küste hält sich schlechtes Wetter nie lange.«

»Hoffentlich hast du Recht!« Annette machte sich daran, Gewürze und selbstgekochte Marmeladen in die Küchenregale zu räumen. Anschließend prüfte sie die Ausstattung der Schränke. »Pfannen, Töpfe in allen Größen, Eierschneider, Toaster und sogar ein Raclette-Grill!«

Sie schien entschlossen, in der Ferienwohnung ihre hausfrauliche Ader auszutoben, wozu sich ausreichend Gelegenheit bot, da die Wetterbesserung auf sich warten ließ. Sie nutzten die Regenpausen zum Einkaufen und kochten ausgiebige Mahlzeiten, die Annette plante. Daniel störte es nicht, dass er für die Helfertätigkeiten zuständig war, schließlich hatten sich seine Küchenaktivitäten bisher darauf beschränkt, Tiefkühlgerichte in die Mikrowelle zu schieben und Raviolidosen zu öffnen. Nach dem Abwasch kuschelten sie auf der Couch und schauten Naturdokus oder Krimis. Morgens saßen sie stundenlang am Frühstückstisch und lasen sich aus der Zeitung vor.

Sie schliefen oft miteinander. Allerdings vermied Daniel, je vertrauter sie wurden, ein Vorspiel. Er streifte ihre Brüste flüchtig und öffnete nur selten mit den Fingern ihre Lippen, was sie so liebte. Annette wünschte, dass er in ihr käme. Seinen Einwand, sie könnte schwanger werden, ließ sie ungern gelten. Entweder waren ihre Tage gerade erst vorbei, in vollem Gange oder standen unmittelbar bevor. Daniel ertappte sich bei der Befürchtung, sie würde anfangen, die Pille zu nehmen. Das verhinderte zwar eine Schwangerschaft, nahm ihm aber den Vorwand für den vorzeitigen Rückzug.

Ebbe und Flut

»Wir sind ein richtiges Paar«, stellte Daniel am dritten Morgen überrascht fest. Ohne dass es einer Absprache bedurfte, räumte er den Tisch ab, während Annette für beide die Tasche packte. Die Regenwolken waren abgezogen und der Himmel versprach einen sonnigen Spätsommertag.

»Und ein gutes Team!« Sie trat heran und umarmte ihn von hinten.

Sie mieteten einen Strandkorb und beobachteten sandburgenbauende Familien. Sie lauschten dem Kreischen der Seemöwen und dem Summen eines Segelfliegers. Bald wurde es Annette langweilig und sie machten sich auf den Weg zum Touristenbüro. Dort schnappte sie sich einige Veranstaltungsbroschüren. Zu ihrer Enttäuschung waren die Wattwanderungen für den Tag schon ausgebucht.

Die ältere Frau hinter der Theke, deren Plattdeutsch Daniel in Kombination mit der Topfschnittfrisur an Beate Uhse erinnerte, wusste Rat.

»Bei dem Wedder heute könnt ihr die Tour nach Neuwerk auch alleine mooken, wenn ihr ein paar Dinge beachtet.«

Frau Sörensen – der Name prangte auf dem Schild an ihrer wildgemusterten Bluse – griff zielsicher in eine Schublade und händigte ihnen einen Gezeitenplan aus. Annette wollte gleich aufbrechen.

»Weißt du, wie gefährlich das ist?«, zischte Daniel sie an.

»Ist es nicht, wir haben genug Zeit bis zur Insel, man soll circa zwei Stunden vor Niedrigwasser los und ...« Sie hüpfte mit ungebrochener Unternehmungslust neben ihm her. »Da ist sogar noch Zeit für eine Kaffeepause!«

»Und was ist, wenn sich einer von uns den Fuß verknackst und wir es nicht rechtzeitig zurückschaffen?«

Annette lachte. »Es gibt überall Rettungsbaken!«

Das war nicht lustig. Er würde nicht jede ihrer Ideen mitmachen. »Es kann Nebel aufziehen, wir haben keinen Kompass, nichts.«

Das Lächeln war von Annettes Gesicht gewichen. Sie schaute ihn verständnislos an. »Bei dem Wetter sind ganze Heerscharen von Touristen unterwegs!«

»Tu, was du nicht lassen kannst. Ich bleibe im Strandkorb.«

»Ach bitte, komm doch mit.« Sie nahm seine Hände und tanzte einige *Ochos*, die sie vor einiger Zeit bei Esteban gelernt hatten.

Daniel blieb keine Wahl. »Nur ein kleines Stück!«

Mit welcher Begeisterung sie in Sonne, Sand und Wind vorausstürmte und zu ihm zurückkehrte! Wie ein Hündchen, ging es ihm durch den Kopf, aber er verbot sich den Gedanken sofort. Sie liefen eine Weile Hand in Hand und Daniel war erstaunt, dass seine Begleitung sie so glücklich machte.

Nach der zweiten Rettungsbake kehrte er um und schlief im Strandkorb ein. Als er erwachte und den Platz neben sich leer fand, erschrak er. Annette! Müsste sie nicht längst zurück sein? Ein Blick auf die Uhr beruhigte ihn – erst eine halbe Stunde war vergangen. Daniel blätterte in der Wirtschaftszeitung, konnte sich jedoch kaum konzentrieren und legte sie beiseite. Er schaute gebannt auf das feucht glänzende Watt, an dessen Ende sich die Insel Neuwerk abzeichnete. Ob Annette schon dort war? Er ging zu der nahegelegenen Bude und kaufte sich eine XXL-Portion Pommes mit Currywurst. Später suchte er den Strand ab. Vielleicht war sie an einer anderen Stelle ausgekommen und fand nicht zurück zum Strandkorb ... ihrem gemeinsamen Strandkorb! Ein warmes Gefühl breitete sich in ihm aus. Das Zusammenleben auf Zeit gefiel ihm. Nebeneinander einschlafen und wachwerden.

Beim Frühstück Pläne für den Tag schmieden. Daniel nahm die Zeitung und las, bis Annette erschöpft, aber zufrieden neben ihm auftauchte.

Sie weckte ihn früh am nächsten Morgen. »Ich habe etwas Interessantes geträumt.«

Daniel räkelte sich, blinzelte kurz und drehte sich auf die Seite. Bevor er in wohligen Schlaf zurückdämmern konnte, drang erneut ihre Stimme an sein Ohr.

»Ein Paar saß in einer Kneipe. Es war fast dunkel, nur eine Funzel hing von der Decke. Sie redeten und manchmal ... hörst du überhaupt zu?«

»Ich versuche zu schlafen!« Allerdings schätzte er die Chancen dafür schlecht ein. Daher setzte er sich auf und stopfte sich das Kopfkissen in den Rücken.

Ermutigt fuhr Annette fort. »Dann verließ der Mann den Tisch, ohne Erklärung. Die Frau hatte keine Ahnung, warum und wohin er verschwunden war. Nach einer Weile wurde sie sauer, weil er sie warten ließ. Später bekam sie ein schlechtes Gewissen: Was, wenn er Hilfe brauchte! Die Frau ging in den Keller zur Herrentoilette, die war gelb gekachelt – wie eine Krankenhausambulanz aus grauer Vorzeit. Oder eher gelber Vorzeit!« Annette lachte über ihren Sprachwitz. »Wie findest du meinen Traum?«

Er schwieg.

»Sie sah ihren Mann zusammen mit einer Krankenschwester, die eine Verletzung an seiner Hand verarztete. Als sie fertig war, kehrte er mit seiner Frau an den Kneipentisch zurück.« Annette hielt inne.

Daniels Kehle wurde trocken und es drängte ihn aufs Klo. Was bildete sich das blöde Weib bloß ein!

»Was passiert gerade mit dir?«

Wie er ihren Pädagogensprech hasste! Als wäre er ein Kind oder ihr dummer Schüler! Hitze machte sich in seinen Kopf breit und er spürte seine Stirnader anschwellen.

»Ich brauche keine Krankenschwester!«, schrie Daniel und floh aus dem warmen Bett ins Badezimmer.

Annette rief ihm hinterher: »Du kommst und gehst, genau wie das Meer. Aber du folgst keinen festen Zeiten. Du bist unberechenbar!«

»Spar dir deine Küchenpsychologie!«, blaffte er zurück und stellte die Dusche an. Kalt rann das Wasser seinen Körper hinunter.

Der restliche Urlaub verlief überraschend harmonisch. Annette hielt sich mit Deutungen seiner Person zurück und Daniel gelang es, besonnen zu reagieren, wenn er überfordert war. Sie mieteten Fahrräder und fuhren den Deich entlang elbaufwärts. Den letzten Tag verbrachten sie auf Daniels Wunsch in einer Wellness-Therme.

Kurz nach der Rückkehr von der Nordsee schrieb er ihr eine SMS. Es hatte keinen Zweck. Sie passten nicht zusammen.

Vater Mutter Kind

In den folgenden Monaten ging Daniel nur selten zu *Milongas*. Jedes zweite Wochenende besuchte er seinen Sohn – wenn Sandra es zuließ. Oft sagte seine Ex die Treffen mit Jan unter einem Vorwand kurzfristig ab; mal war der Kleine angeblich erkältet, mal fuhren sie eine Freundin besuchen. Allein mochte sie Jan mit Daniel nicht wissen, da sie überzeugt war, dies würde dem Kind schaden.

Hin und wieder zog es ihn zu seiner Mutter nach Lüneburg. Ihr Verhältnis hatte sich verbessert, seit Rita in Rente war. Sie nahm sich Zeit für Daniel und kochte ihm jedes Mal etwas Leckeres. Ihre Getriebenheit war verschwunden und sogar mit ihrem Single-Dasein schien sie Frieden geschlossen zu haben. Immer nahm er sich vor, sie auf Uri und den Israelurlaub anzusprechen, den sie als junge Familie unternommen hatten. Aber dann fürchtete er, mit der Erwähnung seines Vaters die Harmonie zu stören und ließ es bleiben.

Abba, wie er ihn noch manchmal in Gedanken nannte – wie lange hatte er das Wort nicht ausgesprochen – hatte die Familie verlassen, als er fünf Jahre alt war.

»Hat sich einfach vom Acker gemacht«, erklärte ihm die Mutter knapp. Bald nach *Abbas* Verschwinden war Daniel von zuhause ausgerissen, um auf den Feldern der Umgebung nach Vaters Fußspuren Ausschau zu halten. Vielleicht hatte er Kieselsteine ausgestreut, damit der Junge ihn finden konnte? Seine Suche war vergebens. Einige Wochen danach kam ein Brief. Uri war in eine andere Stadt gezogen.

Drei Jahre später wollte Daniel ihn zur Kommunion einladen. Rita hatte gemurmelt »das fehlt gerade noch« und »da kann er sowieso nichts mit anfangen.« Damit war das Thema erledigt. Es wurde ein kleines Fest. Um den Kaffeetisch saßen nur Oma Irmgard, eine Großtante, Onkel Theo und eine Nachbarin mit ihrem Sohn.

Irgendwann meldete sich der Vater aus einer weit entfernten Telefonzelle. Seine Worte wurden von Rauschen und einem aufgeregten Stimmenwirrwar übertönt. Er war nach Israel zurückgekehrt. Die fünfzig Mark, die er bis dahin jeden Monat für seinen Sohn gezahlt hatte, fielen weg und Mutter versuchte, beim Jugendamt Geld zu bekommen.

Gegenüber Daniel wurde sie nicht müde, vom Mann ihrer Freundin Doris zu berichten, der unheilbar krank war.

»Das ist ein Vater! Wie er sich um Hanno und Andrea sorgt ... dein Erzeuger hat sich nie gekümmert und zum Arbeiten hatte er auch keine Lust!«

Sie begann, um alles, was mit Uri und seinem Land zu tun hatte, den Mantel des Schweigens oder der Verachtung zu hüllen.

»Wo ist Papa jetzt?«

»In der Wüste.«

»Kann ich ihn besuchen?«

»Nein.«

»Warum nicht?«

»Zu gefährlich. Es gibt dort Skorpione und andere wilde Tiere!«

»Welche?«

»Löwen, Hyänen und giftige Schlangen.«

Bücher

Eines Samstags zog es Daniel nach langer Zeit in die *Mayer'sche* Buchhandlung, wo er früher ein und ausgegangen war. Er hatte stets größere Ketten bevorzugt. In den kleinen, inhabergeführten Geschäften fühlte er sich nicht frei, bestimmte Titel überhaupt anzufassen oder das Buch beiseitezulegen, nachdem die Verkäuferin die Plastikverschweißung eigens für ihn geöffnet hatte. Interesse weckte Erwartungen, die er nicht erfüllen konnte, aber auch nicht enttäuschen mochte.

Der Bücherstapel auf seinem Nachttisch war zum Fels in der Brandung geworden, zu dem er sich durch Wellen, Strudel und Untiefen immer wieder paddelnd vorkämpfte. Besonders in schwierigen Zeiten war Lesestoff Teil seiner Vorratshaltung wie für andere ein gefüllter Kühlschrank. Manchmal kam es ihm vor, als habe ihn das Leben zwischen den Buchdeckeln selbst zum Fels in der Brandung gemacht, der leider von Wellen neuer Frauenbekanntschaften und Beziehungsversuche stetig umspült und ausgehöhlt wurde. Bis er in sich zusammengefallen und auf den Meeresgrund gesunken war, wohin einzig das helle Flimmern der Mattscheibe durchdrang.

Daniel nahm die Rolltreppe in die erste Etage und schlenderte zu den Golfbüchern. Nach einer von vielen Kurzbeziehungen – er erinnerte sich nicht mehr an den Namen der Frau – hatte er mit dem Golfen angefangen. Die regelmäßige Bewegung an frischer Luft hob seine Laune und der Smalltalk nach dem Training war ihm Sozialleben genug.

Golfen am Meer. Die 50 schönsten Plätze weltweit. Daniel ließ Farben und Fotos des Covers auf sich wirken und griff zu dem schweren Bildband. Nach einem verstohlenen Seitenblick bohrte er seinen Mittelfinger in die Schutzfolie und genoss das Geräusch platzender Kunststoffhaut. Behutsam öffnete er das Buch. Es roch nichtssagend, als sei sein Geruchssinn durch eine Erkältung geschwächt. Der Trost früherer Tage stellte sich nicht ein.

Von Dumpfheit überwältigt, ließ Daniel den Wälzer offen liegen. Er dachte an das Parkett, wie es beim Einsetzen der Musik unter den Fußpaaren der Tänzer knarrte, an Annettes zufrieden zur Seite geneigten Kopf und die kuscheligen DVD-Abende in ihrem Wohnzimmer. Vielleicht hatten all diese Dinge das gedruckte Wort entthront.

Er machte noch einen Abstecher in die Bilderbuchabteilung. Beim *Maulwurf, der wissen wollte, wer ihm auf den Kopf gemacht hat,* musste er schmunzeln und überlegte, das Buch für Jan zu kaufen. Aber Sandra fände es sicher eklig und würde es bei nächster Gelegenheit entsorgen. Ein Gong ertönte. Als hätte sie im Hinterhalt auf das Signal gewartet, versammelte sich augenblicklich eine Gruppe lärmender Kleinkinder um eine Vorleserin. Daniel eilte davon.

Jerichorose I

Bei der Rückkehr in seine Wohnung leerte er routinemäßig den Briefkasten. Aus der halb geöffneten Klappe lugte wie jeden Samstag der Wochenspiegel. Wütend zog Daniel die Zeitung heraus und stapfte zu den Mülltonnen. Er nahm sich seit Monaten vor, einen Aufkleber *Keine Werbung* zu basteln, aber wahrscheinlich wären die Schüler, die im Viertel mit ihren Bollerwagen die Runde machten, zu blöd zum Lesen oder würden die Botschaft einfach ignorieren.

Kurz vor der Landung im dunklen Schlund des Altpapiercontainers sprang das Werbeblättchen auf und gab einen Brief frei, den Daniel nur retten konnte, weil der Container bereits zu mehr als der Hälfte gefüllt war.

Er betrachtete das Kuvert, auf dem akkurat mehrere ausländische Marken mit leuchtend roten Mohnblumen klebten. Die Buchstaben waren mehr gemalt als geschrieben und verrieten eine gewisse Ungeübtheit. Der Absender: Jordan-Shapira, 3003200 Kibbutz Kfar Zevulon, Israel.

Eine alte, überwunden geglaubte Sehnsucht brandete in Daniel auf. Wenn sich sein Vater

33

nach all den Jahren meldete! Er legte den Brief auf den Wohnzimmertisch neben die Spielkonsole und ging in die Küche, um sich einen Kaffee zu machen. Er war beinahe überrascht, dass der Umschlag bei seiner Rückkehr unverändert an seinem Ort lag. Genauso weiß und die Mohnblumen noch in gleichem Rot leuchtend. Jordan-Shapira. Jordan war Vaters Nachname, den die Mutter Daniel gelassen und aus irgendeinem Grund sogar selbst behalten hatte. Shapira. Sicher hatte er eine neue Frau und sie führten einen Doppelnamen.

Daniel nahm einen großen Schluck Kaffee, betrachtete den Brief und dachte an seine letzte Begegnung mit dem Vater.

Er war ungefähr dreizehn gewesen und kam von einer Klassenfahrt. Rita wirkte schon am Bahnhof seltsam. Zuhause aßen sie schweigend böhmische Knödel mit Gulasch, beider Lieblingsspeise. Sonst wirkte sie dabei gelöst, fast heiter, wohl weil das Gericht sie an ihre Mutter erinnerte, die es zu besonderen Anlässen gekocht hatte. Daniel fühlte sich jedes Mal getröstet, wenn er die Knödel in die tiefbraune, mit Sahnetupfen garnierte Sauce tunkte. Nach dem Abendessen nahm Rita ihn beiseite.

»Uri, also ... dein Vater ist hier ...«, teilte sie ihm mit, als verkünde sie ein Unheil.

»Bei uns in der Wohnung?«, platzte es aus ihm heraus, aber die Miene der Mutter bremste ihn sofort.

»Natürlich nicht. Er ist in der Stadt und will dich sehen.«

Nun, da es ausgesprochen war, lehnte sie sich in ihrem Stuhl zurück und zündete sich eine Zigarette an. Mit jedem Zug wich die Anspannung aus ihrem Körper.

Am folgenden Nachmittag begleitete ihn Oma Irmgard zu einer abgewirtschafteten Pension im Stadtzentrum. Ein schlaksiger Mann, kleiner als in Daniels Erinnerung, stand in der Eingangstür. Über ihm warb ein Schild für die Bundeskegelbahn im Keller. *Abba* nickte Oma kurz zu, worauf sie verschwand.

»*Shalom*«, sagte sein Vater und klopfte dem Sohn auf die Schulter.

»Hallo ...« Das Wort *Abba* wollte Daniel nicht über die Lippen kommen. Nachdem er Deutschland verlassen hatte, hatte er ihn nur einmal besucht.

»Hier ist es nicht schön für einen Jungen«, stellte Uri mit Blick auf den Thekenraum fest, der schon am Nachmittag von älteren, bierbäuchigen Männern belegt wurde. »Lass uns ins Cortina gehen.«

Das Cortina war die erste italienische Eisdiele in Lüneburg und in Daniels Augen die beste. An der Wand hing noch immer die Plexiglas-Uhr und auch die knallroten Stühle waren dieselben, auf denen er als Knirps seine ersten Eiskugeln genossen hatte. Uri nahm wie früher einen Amarena-Becher und Daniel entschied sich für ein Spaghettieis. Nach der Hälfte der Portion machte er eine Pause. Der Vater überreichte ihm ein Päckchen.

»Zu deinem Geburtstag.«

Daniel stutzte. Sein Geburtstag lag mehrere Monate zurück und Uri hatte früher nie an Geschenke gedacht. Langsam wickelte er das runde Etwas aus dem Zeitungspapier mit den fremden Buchstaben. In eine durchsichtige Kugel war ein Knäuel eingearbeitet, das ihn an unordentlich zusammengelegte Paketschnüre erinnerte.

»Was ist das?«

»Ein Briefbeschwerer. Ich habe ihn in einer kleinen Fabrik selber hergestellt«, erklärte ihm der Vater stolz. »Und da drinnen, das ist *Vered Jericho*, die Rose von Jericho.«

»Du hast das wirklich selbst gemacht?«

»Wenn ich es dir doch sage!«

Er drehte die Kugel in seiner Hand. »Aber es sieht nicht aus wie eine Rose. Und sie blüht überhaupt nicht.«

»Keine Ahnung, warum sie Rose heißt«, gab *Abba* zu. »*Vered Jericho* ist eine Wüstenpflanze. Sie blüht im Winter und Frühjahr, wenn es regnet. Dann richten sich die Zweige auf und werden grün. In der Trockenzeit zieht sie sich zusammen und verdorrt. So wie diese.«

»Das heißt, sie ist abgestorben?«

»Es sieht nur so aus. Beim nächsten Regen entfaltet sie sich wieder. Es ist eine Pflanze, die nie stirbt. Viele Menschen haben sie darum früher als Glücksbringer verehrt.«

Daniel schob den letzten Löffel Spaghettieis in den Mund, während Uri an einer Amarena-Kirsche lutschte. »Wenn du nach Israel kommst, zeige ich dir eine Jerichorose in der Natur.«

Am darauffolgenden Tag mieteten sie eine knallrote Vespa und machten einen Ausflug in die Lüneburger Heide. Unterwegs aßen sie in einem Dorfrestaurant Bockwurst mit Fritten, während Uri von Israel und Daniel von der Schule erzählte. Nachmittags fuhren sie auf ein verlassenes Fabrikgelände. Vater stieg vom Motorroller und bedeutete ihm, zum Lenkrad aufzurücken.

»*Nu?* Willst du mal ans Steuer?«

Daniel konnte sein Glück kaum fassen. »Oh ja, aber ich weiß nicht, Mama meint, ich bin etwas ungeschickt ...!«

»*Ma pit'om!* Unsinn! Ich sitze hinter dir und sorge für Gas und Bremse. Du lenkst.«

Zuerst fuhren sie langsam geradeaus, später wagten sie die ersten Kurven.

»Wenn du dein Gewicht verlagerst, ist es einfacher«, rief ihm *Abba* von hinten zu.«

»Geht klar, Captain!« Daniel fühlte sich mit jeder Minute sicherer.

»Und jetzt fahren wir zu dem Bauernhof dahinten!«, kommandierte Uri scherzhaft.

»Aye aye, Sir!«

Daniel stellte die Tasse zurück auf den Glastisch. Mit leicht zitternden Händen öffnete er das Kuvert. Er überflog den Brief zunächst ganz, um sich Hoffnungen zu ersparen. Oder Enttäuschungen. Wort für Wort bohrte sich die Botschaft in sein Herz. Leider, Vater, Uri, möge sein Andenken gesegnet sein. Tot.

Tot. Tot. Tot.

Die Absenderin, Esther Jordan-Shapira, war seine Tante. Sie lebte mit ihrem Mann in Kfar Zevulon, einem Kibbutz im Norden Israels, und hatte drei erwachsene Kinder. Sie erinnerte sich mit unbeholfenen Worten an Daniel als Kleinkind und lud ihn am Ende des Briefes mit krakeliger Schrift in den Kibbutz ein: »Komm besuchen!«

Wie oft hatte er mit dem Gedanken gespielt, nach Israel zu fahren. Was war aus dem Vater geworden, wie lebte er? Hatte er eine neue Familie? Und würde er Daniel wiedererkennen, ihn überhaupt sehen wollen?

Immer hatte es Gründe dagegen gegeben. Nach dem Abitur war es die Angst, eifrig von Rita geschürt, in Israel zum Militär eingezogen zu werden. Was für ein Blödsinn – schließlich war er deutscher Staatsbürger und Israel nicht irgendeine Bananenrepublik. Dennoch beugte Daniel sich den Einwänden der Mutter allzu gerne. Einmal, während seiner Ausbildung bei einer Versicherung, hatte er die Tickets schon gekauft. Dieses Mal kam der zweite Golfkrieg dazwischen. Irakische Scud-Raketen schlugen in israelischen Großstädten ein, im Fernsehen zeigten sie, wie in Tel Aviv und Jerusalem Menschen mit Gasmasken herumliefen. Zuletzt wollte er zusammen mit Sandra hinfahren, aber sie wurde schnell schwanger, *risikoschwanger*, wie sie betonte. Er schwor sich, die Reise irgendwann nachzuholen.

Nun war es zu spät.

Daniel stützte den Kopf in die Hände. Wie in einem schlechten Roman tropften die Tränen auf das Papier, wo sie die blauen Buchstaben zuerst wie eine Lupe vergrößerten und dann verwischten.

Er war jetzt Halbwaise.

Wiedersehen

»Samantha und Ricardo sind in Köln und ich habe zwei Tickets ergattert!« Annette klang enthusiastisch.

Sein Herz pochte. Er schwieg. Seit dem vorigen Sommer war der Kontakt zwischen ihnen abgebrochen. Längst hatte er ihre Nummer gelöscht und war nur versehentlich ans Handy gegangen.

»Ich dachte, auch wenn wir nicht mehr zusammen sind ... vielleicht könnten wir trotzdem hingehen.«

Daniel überlegte. Der Plan klang verlockend. Bereits im vergangenen Jahr war das niederländisch-argentinische Tangopaar auf Tournee in Deutschland gewesen, aber die Karten waren ausverkauft, als Annette die Werbeplakate entdeckte.

Er hatte seine Wohnung seit mehreren Wochen außer zur Arbeit kaum verlassen. Ein bisschen Ablenkung konnte nicht schaden.

»Ja, gerne!«

»Prima, dann am nächsten Freitag in der Alten Feuerwache und wir können ...«

Daniel hörte ihre weiteren Ausführungen wie

aus dem Off. Schweiß bildete sich auf seiner Stirn und in den Ohren begann es zu rauschen.

»Mein Vater ist tot«, brach es schließlich aus ihm heraus.

Seine Befürchtung, Annette würde den Abend nutzen, um ihn zu einer Seelenschau zu drängen, bestätigte sich nicht. Weder auf dem Weg zur Feuerwache noch in den Pausen sprach sie ihn auf Uri an. Erst gegen Mitternacht, beim Abschied am *Weißen Schwan*, holte sie tief Luft.

»Erzähl mir von deinem Vater.« Es klang wie ein Befehl, der kein Ducken duldete.

»Er ist gestorben«, stellte Daniel fest, als sei Uri damit hinreichend beschrieben. Wie wenig er über ihn wusste! Eigentlich klaffte an seiner Stelle nur ein großes, ausgefranstes Erdloch mit kleinen Steinchen am Grund und dürren Wurzelresten, die aus den seitlichen Wänden herauswuchsen. Ein leeres Grab.

Stattdessen erzählte er Annette von seiner Tante und ihrer Einladung nach Israel. Esthers Worte schienen Ewigkeiten her. Er hatte ihren Brief am selben Tag in seinem Sekretär unter einem Stoß alter Rechnungen und Zeitungen deponiert.

»Und, fährst du hin?«

»Ich weiß nicht.« Daniel schaute sie hilfesuchend an. Sie schloss ihre Arme um ihn.

»Warum nicht? Wovor hast du Angst?« Annette ließ sich nicht abspeisen.

Zum Abschied weinte er an ihrer Schulter.

»Fahr hin, es ist wichtig für dich!«, gab sie ihm mit auf den Weg und löste sich aus der Umarmung. Das war immer sein Part gewesen.

Nachdem ihr Wagen in der Dunkelheit verschwunden war, drängte es ihn an den Rhein. Schwarz schwappte das Wasser gegen die Ufermauer. Ihm wurde übel. Vor seinen Augen tanzten Pünktchen und die Beine drohten wegzusacken. Daniel ging in die Hocke und hielt sich am Geländer der Uferpromenade fest, während er sich übergab. Als der letzte Schwall Mageninhalt seinen Körper verlassen hatte, fühlte er sich augenblicklich besser.

In der Ferne fuhren die Zugfenster wie kleine Lichtquadrate über die Hohenzollernbrücke. Am Ufer erhob sich die blaue Kuppel des Musical Domes. Die Farbe beruhigte Daniel. Er setzte sich auf eine Bank. Die kühle Luft tat gut. Ob Annette schon zuhause war?

Esther

»Sehr schön, du rufst mir an!«, sagte Esther am anderen Ende der Leitung in mühsamem Deutsch. »Es tut leid, dass *Abba* ist tot.« Ihre Stimme klang vertrauenerweckend.

»Das ist o.k., ich habe ihn schon sehr lange nicht mehr gesehen«, erwiderte Daniel. Das einfache und langsame Deutsch, das er mit seiner Tante sprach, fühlte sich wie eine fremde Sprache an. Es legte eine wohltuende Distanz zwischen Wort und Gefühl und half ihm, die Fassung zu bewahren.

»Ich habe auch viel Zeit nicht gehört von ihm.«

»Hat er denn nicht in Kfar Zevulon gelebt?«

»Nein, Uri hat gehasst den Kibbutz. Er hat gewohnt im *Galil*.«

Daniel vermutete, dass es sich beim *Galil* um Galiläa handelte. Auch wenn das Gespräch etwas schleppend war, fühlte er die Wärme in Esthers Stimme. Sie schien sich über sein Wiederauftauchen zu freuen, obwohl sie sich erst einmal begegnet waren – vor vierzig Jahren. Offenbar nahm sie ihm nicht übel, dass er sich seit dem Brief einige Wochen Zeit gelassen hatte, sondern versuchte beflissen, ihn auf den aktuellen Stand zu bringen.

Sie sprach von ihrem Mann Avi und ihren drei Kindern, von denen nur Tochter Michal in Israel lebte. Daniels Großeltern, Simcha und Zipora, waren längst tot und in Herzliya gab es einen Onkel, Eliezer.

Unvermittelt hielt Esther inne. »Ich erzähle immer von Israel, du musst von Deutschland erzählen!«

»Ich wohne in Köln, eine schöne Stadt. Man kann viel machen, Kultur, Sport ...« Diese Worte hätten jede andere Stadt beschreiben können, aber Daniel fiel nichts Interessanteres ein.

»Wo hast du Deutsch gelernt?«, fragte er Esther.

»Von Eltern. Mein Vater stammt von Böhmen, Stadt Gablonz, und Mutter aus Deutsch Krone. *Nu*, warum reden wir am Telefon? Komm nach Israel!«

Noch Stunden nach dem Telefonat lief Daniel beschwingt durch die Wohnung. Er begann, im Schlafzimmer Staub zu wischen, unterbrach, stöberte im Wohnzimmerschrank nach alten Fotos, wärmte ein *Bami Goreng* auf und schaufelte das Essen vor dem Fernseher viel zu heiß in sich hinein. Als ihn nach der halben Portion der Appetit verließ, gönnte er sich ein Glas Pinot Grigio. Der Kühlschrank. Wie lange hatte er ihn nicht aufgeräumt!

Zwischen angebrochenen Käsepackungen, abgelaufenen Joghurts und zerbeulten Ketchupflaschen rief er sich die Namen israelischer Orte in Erinnerung. Kfar Zevulon, Herzliya, *Galil*. Wie vertraut sie bereits klangen und wie selbstverständlich sie ihm über die Lippen kamen.

Später, beim Fegen des Balkons, probierte er im Rhythmus des Besens die Namen seiner Verwandten: Michal, Eliezer, Avi, Zipora, Simcha. Esther gefiel ihm am besten. Er hatte eine Familie!

Abends fahndete Daniel vergeblich nach der Glaskugel mit der Jerichorose und suchte im Diercke-Atlas die Geburtsorte seiner Großeltern. Reisen hatte ihm nie viel bedeutet, aber er hegte von Kindesbeinen an eine Leidenschaft für Landkarten. Nun fand er heraus, dass Gablonz heute tschechisch war und Jablonec hieß. Es lag bloß einen Katzensprung vom alten Reichenberg, Liberec, entfernt, der Heimatstadt seiner Mutter. Deutsch Krone hatte zu Pommern gehört und war – in Walcz umbenannt – seit 1945 polnisch.

Rita

»Ich fahre nach Israel«, verkündete er mit fester Stimme. Es gab kein Zurück mehr. Daniel war von seinen eigenen Worten überrascht, auch wenn sie vom Mixer fast übertönt wurden.

Die Mutter schaute entsetzt von der Rührschüssel auf. Seine Worte waren angekommen.

»Warum das denn, weißt du, was du da tust?« Sie brachte den Mixer zum Schweigen.

»Ja.«

»Was willst du da?«

»Mama, jetzt sag nicht wieder, dass es in Israel wilde Tiere gibt oder sie mich zum Militär einziehen. Ich bin über vierzig!«

»Ich fasse es nicht, dass du so unvernünftig bist. Israel ist von Staaten umgeben, die es nicht mögen ... vielleicht zu Recht«, fügte sie kaum hörbar hinzu.

»Was willst du damit sagen?«, fuhr Daniel seine Mutter an.

Sie ignorierte seine Frage. »Außerdem kennst du dort niemanden!«

»Doch. Ich habe mit meiner Tante telefoniert. Erinnerst du dich an Esther?«

Rita erblasste. »Und er ... hast du auch mit ihm

gesprochen?«, brach es schließlich aus ihr heraus.

»*Abba*« – bewusst wählte er das hebräische Wort – »Er ist im Januar gestorben. Esther hat es mir geschrieben.«

»Ich konnte ja nicht wissen ... es tut mir leid ... für dich«, stammelte seine Mutter mit beinahe sanfter Stimme. Sie kramte hektisch nach Gabeln und Milchkännchen und machte sich, ohne fündig geworden zu sein, schnell mit der Kuchenplatte auf den Weg ins Wohnzimmer.

Daniel bereitete den Kaffee. Für Rita mit Kandiszucker. Er kannte keinen anderen Menschen, der Kaffee mit Kandiszucker trank.

Als sie sich auf dem Sofa niedergelassen hatten, hoffte er, dass sich ihre ungewohnte Sanftheit nicht verflüchtigt hatte. »Erzähl mir von Papa. Wie habt ihr euch eigentlich kennengelernt?«

Mutter rührte lange in ihrer Tasse. Der Kandis musste sich längst aufgelöst haben.

»Bitte, es ist mir wichtig.«

Sie holte tief Luft. »Samstags nach der Arbeit habe ich mich manchmal mit meiner Freundin Doris im Café Pückler getroffen. Das war damals in der Ilmenaustraße, wo jetzt der Grieche ist. Bestimmt hält der sich nicht mehr lange, wenn man durchs Fenster guckt, sind maximal zwei Tische besetzt.«

»Mama!«, unterbrach Daniel.

Rita warf noch ein Stückchen Kandis in den Kaffee und gab sich einen Ruck. »Eines Tages war ein neuer Kellner da. Er wirkte etwas schüchtern und sprach so ein lustiges Deutsch. Ich habe ihn geneckt und nach dem Tagesangebot gefragt. ›Aida-Torte‹, sagte er ohne Pause zwischen dem A und dem I.« Die Mutter schmunzelte. »Wir haben gerätselt, woher er kam, Doris tippte auf Jugoslawien, ich auf Spanien. In jedem Fall stammte er aus dem Süden, denn er hatte dunkle Haare und braune Augen.«

Die Mutter spießte sich ein winziges Kuchenstück auf die Gabel und kaute gedankenverloren darauf herum.

»Und dann?«

»Für den Abend hat mich Uri ins Kino eingeladen. Es lief so eine alberne Schulkomödie mit Uschi Glas und Roy Black ... Jetzt lass uns aber den Tisch abräumen.« Rita beendete ihren Erinnerungsfluss abrupt, als sei ihre ausführliche Erzählung ein Versehen, das sie zu spät bemerkt hatte.

Daniel sicherte sich noch ein großes Stück Torte. Er war zufrieden. Bei nächster Gelegenheit würde er fragen, warum Uri die Familie verlassen hatte.

Nach dem Kaffee ruhte sich Rita auf der Couch aus. Er setzte sich dazu und blätterte lustlos in einer Frauenzeitschrift. Als sie schnarchte, betrachtete er wie immer seine Mutter. Ihr schmaler Körper sah verbraucht aus. Das hohlwangige Gesicht müde. Daniel erschrak: Enthielt ihr schlafendes Gesicht bereits die Züge der künftigen Toten?

Unsinn, rief er sich zur Ordnung und ging auf den Balkon.

Chamsin

Er reihte sich als einer der letzten in die Karawane der Passagiere ein, die sich zügig in Richtung Flughafengebäude bewegte. Heißstaubig wehte der Chamsin über das Vorfeld, ließ die Gebäudeplatten des Terminals erzittern und die überall präsenten blau-weißen Flaggen knattern. *Der Chamsin ist ein Wüstenwind, der den Nahen Osten im späten Frühling heimsucht,* hatte Daniel während des Fluges im Reiseführer gelesen, seinem ersten Buch seit langem.

Die anflutende Hitze verschloss ihm binnen Sekunden alle Poren und bemächtigte sich seiner ganzen Person. Er schaute zurück. Die Maschine wurde bereits für ihren nächsten Einsatz betankt, eine Reinigungskolonne stieg die Treppe empor, während sich von hinten die Gepäckwagen näherten. In gut vier Stunden würde das Flugzeug wieder in Frankfurt landen.

In seinem Kopf nahm eine Fantasie Gestalt an. Was wäre, wenn er sich nach dem Zoll ein Rückflugticket kaufte, das Handy ausschaltete und die Anrufe und Nachrichten seiner Verwandten einfach ignorierte? Verschwände, sich totstellte?

Es roch nach Kerosin. Der Wind trug jedoch

noch etwas anderes mit sich. Eine seltsame Mischung aus Bougainvillea-Blüten, Sand, Meeresluft und in Knoblauch gebratenem Gemüse.

Daniels Blick schweifte über das Gelände. In der Ferne flirrte in gelblichem Dunst eine karge Hügelkette. Da war sie. Die von seiner Mutter vielbeschworene »Wüste«!

Das Karohemd klebte ihm am Rücken.

»Löwen, Hyänen und giftige Schlangen.«

Auf der Suche nach Halt umfassten seine klammen Hände die Rucksackgurte.

Im Flughafengebäude ließ die Klimaanlage Daniel frösteln. Er zog seine Jacke aus den Tiefen des Rucksacks hervor, atmete tief ein und machte sich gewappnet auf den Weg durch lange, rundum verglaste Gänge. Am Gepäckband fand er sich inmitten eines Sprachenbabels aus Deutsch, Hebräisch und Englisch wieder. Familien standen zwischen Backpacker-Touristen und Geschäftsleuten, die anscheinend unaufschiebbare Telefonate führten. Direkt neben ihm lärmte eine Gruppe deutscher Jugendlicher, offensichtlich eine Sportmannschaft, denn alle trugen die gleichen türkisfarbenen Trikots.

Daniel blieb in der zweiten Reihe und beobachtete das Treiben. Langsam ebbte das Sprachenbabel ab. Als er schließlich nach dem letzten Koffer griff, der einsam seine Runden drehte, brandete ein neues Kauderwelsch auf, dieses Mal aus Spanisch, Hebräisch und Englisch. *Madrid* leuchtete die Anzeige über dem Gepäckband. Er tastete nach dem Handy. Keine Nachricht.

Unschlüssig stellte sich Daniel etwas abseits der Menschenschlange vor dem Einreiseschalter und betrachtete das bordeauxrote Büchlein mit dem goldenen Bundesadler in seiner Hand. Eines der Kinder, deren lautstarkes Fangspiel ihn schon seit einigen Minuten nervte, rempelte ihn versehentlich an. Der Pass fiel aufgeschlagen zu Boden. Schnell bückte er sich. Durch die Laminierung schauten ihn große, für seinen Geschmack zu eng beieinanderstehende Augen an. Olivgrün hatte Annette festgestellt und Annette musste es wissen. Oft hatte sie ihm so tief in die Augen geschaut, dass er den Fluchtreflex kaum unterdrücken konnte.

Unterhalb der unspektakulären Nase mündete die von Daniel so genannte Rotzstraße in eine sanfte Oberlippe. Sein Gesicht wirkte blass im Kontrast zum braunen Haar, das sich in letzter Zeit hinter die hohe Stirn zurückgezogen hatte und erste graue Strähnen zeigte. Er hatte Bild und Pass im vergangenen Jahr für die Reise nach Costa Rica anfertigen lassen, zu der ihn Annette gedrängt hatte, aber die Beziehung war schneller vorüber, als die Bundesdruckerei drucken konnte. Statt in Mittelamerika hatte

Daniel den Urlaub allein in einer Eifelhütte verbracht.

Er klappte den Pass zusammen und – die Menschenschlange war mittlerweile deutlich geschrumpft – schlenderte in Richtung Pass-kontrolle. Der Schalterbeamte musterte das Reisedokument, musterte Daniel, knallte den Stempel auf einen Notizzettel und legte ihn in den Ausweis. »Welcome to Israel!«

Warteschleife

Hinter dem Zoll öffnete sich die Schiebetür zu einer großen Halle. Hier, zwischen monumentalen Säulen, wiedersehensfrohen Gesichtern und Willkommensluftballons, würden Esther und Michal ihn erwarten. Noch war es nicht zu spät! Er könnte unbemerkt an Tante und Cousine vorbeiziehen, das erstbeste Taxi nach Tel Aviv nehmen oder in einem versteckten Winkel am Flughafen abwarten. Sie würden ihn ausrufen lassen – »Daniel Jordan is kindly requested to proceed to the information desk!« – und irgendwann aufgeben. Er würde ein Rückflugticket kaufen und morgen, spätestens übermorgen wieder an seinem Schreibtisch in der Versicherung sitzen. Betraut mit denselben Routineaufgaben wie vor dem Abendstudium. Er hätte sich die Lernerei schenken können, genau wie diese sinnlose Reise!

Was wollte er in diesem Land? Daniel zwang sich stehenzubleiben. Es wäre unfair, jetzt zu kneifen! Er sah sich um. Niemand hielt Ausschau nach ihm, keines der hochgehaltenen Schilder trug seinen Namen.

Er wartete einige Minuten und entdeckte am

anderen Ende der Empfangshalle ein WC-Schild. Im Toilettenraum kramte er Zahnpasta und Zahnbürste aus der Kulturtasche, als auf der Ablage vor ihm das Handy-Display aufleuchtete.

»Dear Daniel, sorry, but I got problems with the car. I call you when I arrive. Michal.«

Er lachte höhnisch auf. Probleme mit dem Auto? Sie hatten ihre Meinung geändert, wollten ihn nicht bei sich haben! Warum auch? Sie kannten ihn ja gar nicht. Bei seinem ersten Besuch in Israel war er fast noch ein Baby gewesen und Michal nicht einmal geboren.

Daniel sprenkelte sich kühles Wasser ins Gesicht. Eine Stunde würde er ihnen geben. Wenn sie nicht auftauchten, müsste er wenigstens kein schlechtes Gewissen haben.

Überall prangten die fremden, eckigen Buchstaben. Anders als bei der Synagogenführung in der 9. oder 10. Klasse, wo sich die Lettern mal schwarz, mal vergoldet zu Gebeten und erhabenen Gottesworten verbunden hatten, war Hebräisch hier Alltagssprache und die Schrift groß, klein, bunt oder aufdringlich werbend. In Deutschland musste man hebräische Buchstaben suchen. Daniel hatte sie nie gesucht.

Er fand ein Bistro und setzte sich in eine Fensternische.

»What would you like to drink?«, fragte ihn eine ältere Kellnerin.

»A Diet Coke, please.« Wann hatte er das letzte Mal Englisch gesprochen?

Er genoss das Klacken der Eiswürfel vor dem ersten Schluck und spürte die Lebensgeister zurückkehren, als das kaltprickelnde Getränk seine Kehle hinunterrann. Hinter der Theke zischte die Espressomaschine. Eine junge Kellnerin klapperte mit Geschirr, während die Ältere unter lautstarken Kommentaren Speisen auf Teller drapierte. Aus der Halle drangen in regelmäßigen Abständen Durchsagen.

Daniel nahm den Reiseführer aus dem Rucksack. Sofort regte sich der alte Impuls. Im Flugzeug hatte er nur zaghaft geschnuppert. Jetzt, in der Ungestörtheit der Fensternische, ließ er seine Nase ausgiebig über das Papier streifen, um den Buchgeruch aufzunehmen. Die meisten Menschen, die Zeugen dieses Rituals geworden waren, quittierten die Angewohnheit amüsiert – für Daniel hingegen war es unvorstellbar, sich einem Buch auf andere Weise zu nähern, zumindest nachdem es in seinen Besitz übergegangen war. Es einfach aufzuschlagen und loszulesen schien ihm fast unanständig.

Inhalierend blätterte er durch die Skyline von Tel Aviv, vorbei an den heiligen Plätzen Jerusalems und gelangte zu den *Bahai*-Gärten in Haifa.

Bei den galiläischen Bergen in der Buchmitte erreichte der Geruch seine höchste Intensität. Er verweilte kurz, atmete sich hinter Nazareth die Golanhöhen hinauf und rückte durch das Jordantal in den *Negev* vor, wo er zügig zu den Wüstentieren gelangte. Am meisten faszinierte ihn das Foto eines Nubischen Steinbocks, der in schwindelnder Höhe zum Sprung auf den benachbarten Felsen ansetzte.

Als kleines Kind hatte er versucht, Tiere, die ihm besonders ans Herz gewachsen waren, aus dem Bilderbuch *herauszunehmen* und sich alle möglichen Abenteuer mit ihnen ausgedacht. Seine Mutter belächelte ihn, aber eine Kindergärtnerin verstand Daniels Begeisterung und ermutigte ihn, seine Tiergeschichten zu malen. Später erfand er Märchen von flauschigen Katzen und illustrierte die Bilder mit kurzen Texten. Irgendwann erlaubte Rita sogar ein echtes Kätzchen, das nach kurzer Zeit spurlos verschwand. Erst nach Wochen gab die Mutter zu, das Tier weggegeben zu haben.

»Es hat viel Dreck gemacht und außerdem die Vorhänge ruiniert.«

Daniel nahm den letzten Schluck Cola und ertappte sich bei einer kindlichen Verwunderung: Keines der Tiere im Reiseführer wirkte so bedrohlich wie die von Rita geschilderten Kreaturen der »Wüste«. Warum nicht ein Auto mieten und die Wildreservate im *Negev* besuchen und dann weiter ans Rote Meer fahren? Seine Wangen glühten. Er vergaß das Buchschnuppern und suchte das Kapitel über die Korallenriffe. Er las, bis ihm der Magen knurrte und tauschte den Reiseführer mit der Speisekarte.

»May I have a Pastrami-Sandwich, please? And another Coke!«

Michal

Er erkannte die Frau, bevor sie sich mit fragender Miene näherte. Michal hatte die Sonnenbrille locker ins honigblonde Haar gesteckt und sah aus wie auf dem Familienfoto, das sie ihm geschickt hatten. Allenfalls wirkte ihr Gesicht in der Realität etwas voller.

»Daniel?!« Seine Cousine beschleunigte ihre Schritte und umarmte ihn ganz selbstverständlich. »*Shalom*, welcome to Israel.«

»Hello Michal«, brachte er heiser hervor und schaute sich suchend um.

»My Mom couldn't come.« Michal konnte Gedanken lesen. »Mama hat sich den Fuß gebrochen und muss sich noch ein paar Tage schonen, bis der Gips abkommt. Wie war deine Reise?«

»Gut«, antwortete Daniel knapp und verbarg seine Enttäuschung. Er hatte fest mit Tante Esther gerechnet, die ihm am Telefon so vertraut geworden war.

Geschickt lenkte Michal ihren schnittigen *Hyundai* auf die Autobahn.

»Fahren wir direkt nach Kfar Zevulon?«

»Nein, für heute bist du mein Gast«.

»Du wohnst nicht im Kibbutz?«

Seine Cousine schüttelte den Kopf. »*BeChaijai*, um Himmelswillen! Nach der Armee war ich ein Jahr in Südamerika – Chile, Argentinien und danach ...«, ihre rechte Hand beschrieb lebhaft eine Flugbewegung, »habe ich meine Sachen gepackt und bin nach Haifa gezogen. Zu eng und klein der Kibbutz.«

Die Konversation auf Englisch klappte überraschend gut, dennoch war Michals Lebendigkeit ermüdend. Lieber hätte Daniel alleine in einem Bus oder Taxi gesessen, aber er wollte nicht unhöflich sein.

»Hast du Tango getanzt in Argentinien?«

»Nein, ich bin nicht der Tanztyp«, entgegnete sie munter. »Mir fehlt das Taktgefühl. Aber nun erzähl mal von dir. Wo in Deutschland lebst du?«

»In Köln, das ist ganz im Westen.«

»FC-Köln«, bemerkt sie, wobei das *Ö* aus ihrem Mund eher wie ein *E* klang.

»Bist du Fußballfan?«

»Nein, aber Ofer, mein Freund, bewundert den Verein. Vielleicht lernt ihr euch kennen, wenn er zurück ist.«

»Wo ist er?«

»Auf Geschäftsreise in der Ukraine und Russland.

Michal wechselte die Autobahn. Hin und wieder glitzerte im Licht der untergehenden Sonne das Meer auf, das am Horizont silbrig-orange mit dem Himmel verschmolz.

»Caesarea« las Daniel auf den Hinweistafeln, als links von ihnen mehrere Kraftwerk-Schlote auftauchten.

»Unter Caesarea habe ich mir was anderes vorgestellt.« Er dachte an die Bilder vom römischen Amphitheater und Aquädukt im geruchsärmeren Teil seines Reiseführers.

Michal lachte. »Caesarea hat eine alte und eine neue Seite! Strenggenommen gehört das Kraftwerk auch gar nicht zu Caesarea, sondern zu einer Nachbarstadt.

Gibt es in Deutschland viele Nazis?«, fragte Michal unvermittelt.

Daniel war verunsichert. »Ich denke, nicht viele.«

Sie zog ungläubig eine Augenbraue hoch. »Wirklich?«

Wieso fragte sie das? Sicher: Hin und wieder las er von Schmierereien auf jüdischen Friedhöfen und herausgerissenen Stolpersteinen. Geschahen diese Dinge in Deutschland häufiger als anderswo? Er wusste es nicht. Sein Vater war jüdisch, aber das hatte nie eine Rolle gespielt. Daniel selbst war getauft und zur Kommunion gegangen, wenn auch mittlerweile aus der Kirche ausgetreten. Er lebte wie Millionen andere

Deutsche, Religion oder Volkszugehörigkeit waren ihm gleichgültig. Er kannte keine *richtigen* Juden, erst recht nicht solche, die durch ihre Kleidung auffielen. Welche Erfahrungen machten sie, hörten sie dumme Sprüche oder Anfeindungen? Daniel hatte nie darüber nachgedacht.

Es war dunkel, als der *Hyundai* sich die Serpentinen des *Karmelgebirges* hinaufwand. Michal stoppte den Wagen vor einem Hochhaus.

»Das ist der University-Tower. Let's have a look at Haifa!«

Daniel hielt den Atem an. Unter ihnen breitete sich die Stadt in mehreren Stufen aus und mündete am hell erleuchteten Hafen ins Meer. Richtung Norden zogen sich ihre Vororte entlang einer großen Bucht. Dahinter wurde die Besiedlung karger und die Landschaft hügelig. Kleine Ortschaften leuchteten wie höhenversetzte Gedankenstriche und Punkte, als habe jemand Morsezeichen an die dunklen Berge geheftet. Aus dem nahegelegenen Park drang Grillenzirpen herüber.

»Ich habe noch nie so eine Stadt gesehen. Das sieht aus wie im Märchen«, sagte Daniel überwältigt.

»Wenn du willst, ist es kein Märchen«, erwiderte Michal mit hintergründigem Lächeln.

Bevor sie zu ihrer Wohnung fuhren, kehrten sie in einem Restaurant in der arabischen Unterstadt ein und bestellten Falafel, Salat mit *Humus* und Nesher-Bier.

»*Lechayim*«, prostete Michal Daniel zu. »Du trinkst gerade Bier aus unserer ältesten Brauerei!«

»Wie alt ist sie denn?«

»Ich schätze, um die 80 Jahre. Für unser Land ein beachtliches Alter!«

Das Nesher konnte es locker mit deutschen Bieren aufnehmen. Auch das Essen war köstlich, nur das Kichererbsenpüree schmeckte irgendwie nach Fensterkitt. Als er nach dem Tee die Schekelscheine aus dem Portemonnaie fingerte, fiel Daniels Blick auf das Kinderfoto. Unverwandt schaute Jan ihn aus seinen treuherzigen, braunen Augen an. Sein hellblondes Haar stand niedlich zu allen Seiten ab und ein paar Strähnen fielen ihm ins Gesicht. Würde der Kleine ihn überhaupt wiedererkennen? Es waren beinahe zwei Monate vergangen, seit sie sich gesehen hatten. Nach dem letzten Treffen hatte seine Ex ihm mitgeteilt, das Kind sei nach seinen Besuchen aggressiv und sie wünsche vorläufig keinen Kontakt. Daniel hatte geschwiegen und sich abgefunden, wie er sich immer abfand. Ohnehin hatte er bisher kaum eine Minute mit Jan allein verbracht, ständig wollte Sandra dabei sein, alles andere verängstige den Jungen.

Wahrscheinlich war es besser so. Wenn er ehrlich war, konnte er mit seinem Sohn nicht viel anfangen. Er wusste nicht, wie er mit einem Kleinkind sprechen sollte und fühlte sich in seiner Gegenwart unbeholfen. Wer weiß, vielleicht würden sie später, wenn Jan älter war, einen Weg zueinander finden.

»*Ejse Motek*, was für ein süßer Fratz!«, Michal wies auf das Bild.

Nun gab es kein Zurück mehr. »Das ist mein Sohn.«

Seine Cousine betrachtete das Foto eingehend. »Du bist Vater ...?« Sie konnte es nicht fassen. »Warum hast du nicht erzählt, dass du ein Kind hast?

Der Kibbutz

Auf dem Parkplatz von Kfar Zevulon erwarteten sie Esther und ihr Mann Avi. Die Tante humpelte Daniel auf ihren Krücken entgegen.

»Endlich wir lernen kennen!«, brachte sie in gebrochenem Deutsch hervor, das allerdings flüssiger als am Telefon klang. Esther wirkte resolut, trug kurzes, grau meliertes Haar und war schlank geblieben. Sie hatte nichts wirklich Mütterliches, trotzdem ging etwas Behütendes von ihr aus.

»Das ist dein Onkel Avi. Er spricht nicht Deutsch«, stellte sie ihren Mann vor, der die überschwängliche Begrüßung ruhig beobachtet hatte. Er war kleiner und kräftiger als seine Frau und hatte das verbleibende Haar zu einem Bürstenschnitt getrimmt.

»*Shalom*, welcome to the kibbutz!«

Nachdem Daniel sein Gepäck im Haus abgestellt hatte, machten alle zusammen eine Runde durch Kfar Zevulon. Esther begleitete sie auf einem Elektromobil, das sie sich nach ihrer Verletzung im Fuhrpark der Gemeinschaftssiedlung ausgeliehen hatte. Sie hielten am größten, auf einer Anhöhe gelegenen Gebäude. Eine Fensterfront gab den Blick in einen mit altersschwachen PCs und antiquierten Telefonboxen zugestellten Raum frei.

»Echte Schätzchen, was?« Esther schien Daniels Gedanken zu erraten und machte eine wegwischende Bewegung. »Die werden schon nicht mehr gebraucht. Jede Familie hat eigenes Telefon und Internet.«

Plötzlich spürte er es – Esthers Mütterlichkeit lag in ihrer Stimme und ihren Gesten, die eine wohltuende Wärme ausstrahlten.

»Unser *Chadar Ochel*«, sagte die Tante und wies auf einen großen Saal.

Avi übersetzte. »Der Speisesaal.«

In seiner und Michals Gegenwart sprachen sie Englisch. Wenn Daniel mit Esther allein war, bevorzugten sie Deutsch, das seine Tante besser beherrschte.

»Esst ihr hier alle zusammen?« Er hatte gelesen, dass viele Kibbutzim das Gemeinschaftsleben stark reduziert hatten.

»Nur mittags und an *Kabbalat Shabbat*, dem Festessen am Freitagabend. Sonst wird der Speisesaal bloß noch für Feiern und Kulturveranstaltungen genutzt«, erklärte Avi und Michal ergänzte augenzwinkernd: »Zum Beispiel für Filmabende. Einmal in der Woche zeigen sie für die Älteren Schnulzen mit Humphrey Bogart, Grace Kelly und so.«

»Sowas guck ich nicht an«, stellte Esther klar.

»Nee, du schaust lieber die ›Golden Girls‹!«, neckte Avi seine Frau. Die beiden waren ein eingespieltes Team mit eingespieltem Humor.

Sie überquerten eine Rasenfläche mit zwei kleinen, weiß verputzten Häusern und einem Spielplatz. Unter einem Sonnensegel saß eine Gruppe Kinder beim Picknick. Ob Jan sich bei ihnen wohlfühlen würde?

»Das sind unsere Kinderhäuser«, erklärte Esther. »Heutzutage sind die Kinder nur tagsüber hier, während die Eltern arbeiten. Zu unserer Zeit waren wir den ganzen Tag im Kinderhaus und durften nachmittags für zwei Stunden zu den Eltern.«

»Woran ist mein Vater eigentlich gestorben?«, fragte Daniel unvermittelt.

»Lungenkrebs. Uri war Kettenraucher. Als er endlich zum Arzt ging, war der Krebs bereits durch den Körper gewandert«, antwortete Avi.

»Wo ist sein Grab?«

»Er liegt auf einem Friedhof in Kiryat Tiv'on, ganz in der Nähe. Ich kann dich hinfahren.«

»Wartet, bis ich den Gips los bin, dann komme ich mit«, warf Esther ein.

Avi zuckte die Schultern. »Daniel, es geht um dich, entscheide du.

Er scheute den Gedanken an den Friedhof.

Wenn es schon sein musste – und es musste sein, das spürte er deutlich – wollte er es hinter sich bringen.

Er gab sich einen Ruck. »Ich würde gerne so bald wie möglich hin.«

Sie gingen durch eine Parklandschaft mit Rasenflächen, Bäumen und Sträuchern, in die beigefarbene Häuser mit roten Ziegeldächern gewürfelt waren. Nach einer Weggabelung fiel Daniels Blick auf einen stark beschädigten, aber noch lesbaren Meilenstein mit der arabischen und lateinischen Aufschrift »Suez«.

»Den hat einer unserer Soldaten aus dem Krieg in Ägypten mitgebracht, ich habe vergessen, aus welchem«, bemerkte Esther.

Avi half ihr. »1956.«

Bald darauf kamen sie an einigen Kakteen vorbei, die aus Unkraut und Gestrüpp in den Himmel aufragten. Sie erinnerten Daniel an die Kakteen, die während seiner Kindheit die Wohnzimmer-Fensterbank geziert hatten. »Die hat mir ein kauziger alter Mann aus Israel geschenkt«, erzählte ihm Rita damals. Daniel stellte sich ihn immer als eine Kreuzung aus Catweazle und Rumpelstilzchen vor, dessen schütteres weißes Haar sich in den stacheligen Pflanzen verfängt.

»Das sind die Reste von Shlomos Garten. Er

ist lange tot und keiner kümmert sich mehr darum.«

Sie gelangten zu einer Freifläche mit einer Bronzeskulptur. Mehrere magere Gestalten standen, einander die Rücken zugewandt im Kreis. Ihre Arme hatten sie vor den Körpern in Form eines V ausgestreckt, so dass sich die Hände der Nachbarn lose berührten.

»Hier stand dein Elternhaus, *nachon?*«, fragte Michal.

»Ja, genau an dieser Stelle. Es war baufällig und wurde abgerissen«, sagte Esther bedauernd. »Früher wurden Dinge zerstört, um Platz für Neues zu haben. Zum Beispiel für Kunst.«

Am tiefsten Punkt des Kibbutz gab es ein Schwimmbad.

»Es wird manchmal für Betriebs- oder Familienfeiern vermietet«, erklärte Michal.

Avi räusperte sich missbilligend. »Leider passiert es, dass Leute über den Durst trinken und kotzen.«

»*En ma la'assot*, was willst du machen? Mir hat es ohne die Partyleute auch besser gefallen, aber wir brauchen das Geld«, sagte Esther. »Und ein bisschen haben die Kibbutzim selbst über den Durst getrunken oder über den Hunger gegessen, wie man's nimmt.«

»Wie meinst du das?«

»*Nu*, in den 70er Jahren haben wir viel auf

Pump gekauft ... Autos, Fernseher ... und den Pool gebaut. Später stiegen die Zinsen. Um sie zu zahlen, vermietete der Kibbutz das Schwimmbad und verpachtete Land. Ein Teufelskreis, denn auf den kleineren Flächen rentierte sich die Landwirtschaft nicht mehr und wir mussten uns etwas anderes ausdenken.«

Avi wies auf eine verfallene Produktionshalle hinter einer Baumgruppe. »Sogar mit einer Gummifabrik haben wir uns versucht. Hat leider auch nicht funktioniert.«

»Und was ist mit Tourismus?«, warf Daniel mit Blick auf eine Häusergruppe unweit des Schwimmbads ein.

Michal schüttelte den Kopf und deutete auf Kühltürme und Schornsteine einer Raffinerie, die ihm bisher nicht aufgefallen waren. »Zu viel Industrie.«

»Aber wer wohnt dann in den Häusern?«

»Hier werden Jugendliche aus schwierigen sozialen Verhältnissen betreut.«

»Vom Kibbutz?«

»Nein, der stellt nur das Gelände zur Verfügung, betrieben wird das Ganze von der Stadt Haifa, nicht wahr *Abba*?«

Avi nickte. Sie betraten das Areal, das wie ein Feriencamp wirkte. Daniel war überrascht, unter den Bewohnern junge Frauen mit Kopftuch zu entdecken.

»In der Gegend gibt es einige arabische Dörfer und Städte, die Leute geben ihre Angehörigen gerne hierher«, erklärte seine Cousine.

»Interessierst du dich für Geschichte?«, fragte ihn Esther beim Abendessen. Daniel nickte.

»Der Kibbutz hat ein eigenes Museum. Yigal, einer unserer Rentner, betreut es. Er kann dir auch noch etwas von deinem Vater erzählen. Sie waren zusammen im Sechstagekrieg.«

Am Strand

Am darauffolgenden Tag fuhr Michal nach Haifa zurück. Sie hatte Daniel vorgeschlagen, den Tag am Meer zu verbringen. Sie ließ ihn am *Dado*-Strand im Süden der Stadt aussteigen. Er suchte nach einem schattigen Plätzchen. Er konnte sich unter dem Rettungsturm niederlassen, aber sicher würde das nicht gern gesehen und er wollte keine Aufmerksamkeit auf sich lenken. Daniel breitete sein Laken in der Sonne aus und setzte seinen Panamahut auf. Von ein paar Kindern abgesehen, sah er weit und breit keinen Israeli mit Sonnenhut. Er kam sich reichlich spießig vor, zumal auch seine weißen Waden und die Socken nicht in die Umgebung passten. Annette hätte gelästert: »Nirgendwo passt das hin, nicht an die Nordsee und nicht ans Mittelmeer!«

Dabei lagen Welten zwischen Cuxhaven und *dem Dado*-Strand. Das südliche Meer war beständiger als die Nordsee, die sich in ständigem Kommen und Gehen erschöpfte und obendrein die Hälfte der Zeit hinter einem Deich versteckte. Daniel misstraute der Nordsee. Die Ebbe mit ihrem scheinbar sanften Sog konnte einen weit hinaus ins gefährliche Unbekannte locken und die aufgewühlten Schaumkronen der Flut zurück ans Ufer schmettern oder unter sich begraben.

Annette störte das nicht. Mit welcher Lebensfreude sie sich in Sonne, Sand und Wind gestürzt hatte! Annette. Das Display seines Handys blieb dunkel. Keine Nachricht von ihr, seit sie ihm per SMS eine gute Reise gewünscht hatte. Daniel nahm einen Schluck aus der Wasserflasche. Er beobachtete braungebrannte Jugendliche beim Strandtennis, flirtende Paare und Familien mit Kühlboxen und Liegestühlen. Fast niemand war allein. Ob auch sein Vater sich hier gesonnt und den Strandschönheiten hinterhergeschaut hatte?

Daniel inhalierte den Geruch aus Sonnenmilch, Sand und Meer und döste auf seiner Strandmatte ein. Beim Wachwerden lag das Meer unverändert ruhig und blau da. Es würde nicht verschwinden. Er rannte durch den heißen Sand ins Wasser, schwamm eine Weile parallel zum Ufer und traute sich dann immer weiter hinaus, bis eine Feuerqualle seinem Badevergnügen ein jähes Ende bereitete.

Haus der Ewigkeit

Am nächsten Morgen lieh sich Avi einen Wagen aus dem Fuhrpark des Kibbutz. Daniel war froh, den Besuch auf dem Friedhof hinter sich zu bringen. Seit seiner Ankunft schwebte er wie ein Damoklesschwert über ihm. Leider kam Esther nicht mit.

»Eure Kopfdecken«, mahnte sie vor dem Aufbruch und holte zwei *Kippot* aus einer Schublade.

Ihr Deutsch ließ Daniel trotz seiner Beklemmung schmunzeln. »Auf einem jüdischen Friedhof trägt man etwas auf dem Kopf, aus Ehrerbietung vor den Toten.«

Bet Almin, Haus der Ewigkeit, wie Friedhöfe auf Hebräisch genannt wurden, war ein großes Areal von Grabsteinen und Grabplatten mit Kieswegen dazwischen. Abgesehen von den Pinien, die das Gelände nach allen Seiten einfassten, war nur wenig Grün zu entdecken. Avi wies auf ein Grab in der letzten Reihe. Daniel verlangsamte seinen Schritt, tastete sich vorsichtig heran, jederzeit zum schnellen Verlassen des Ortes bereit. Als würde der Tod des Vaters erst hier von einer vagen Möglichkeit zur eingemeißelten Gewissheit. In den vergangenen Monaten hatte er sich den Moment an Uris Grab oft vorgestellt. Wie seine Augen feucht würden und er um ein Taschentuch bitten müsste.

Der Grabstein war schlicht. Er enthielt Uris Namen, die Vornamen seiner Eltern, Geburts- und Sterbedatum nach jüdischer Zeitrechnung sowie die ersten Buchstaben eines biblischen Segensspruchs, den Avi vorlas. »*Thje nafsho zrura bzror hachajim.* Seine Seele sei eingebunden in das Bündel des Lebens.«

Daniel strich mit den Fingerkuppen über die Buchstaben. So recht konnte er mit dem Ort nichts anfangen. Die Gebete aus dem Kommunionsunterricht hatte er lange vergessen – sie wären ohnehin unpassend. Jüdische Gebete und Rituale kannte er nicht. Bis auf den Brauch, Steine auf das Grab zu legen. Vermutlich stammte er aus der Zeit, da Gräber zum Schutz vor wilden Tieren mit Felsbrocken bedeckt wurden. Er holte den mitgebrachten Kieselstein vom Rheinufer aus seiner Hosentasche, legte ihn vorsichtig auf die Grabplatte und verharrte kurz mit gesenktem Kopf. Sicher wurde es so von ihm erwartet. Aber er empfand keine Trauer, keine Sehnsucht. Stattdessen unerträgliche Leere.

»Bist du bereit zu gehen?«, fragte ihn Avi nach einer Ewigkeit.

Uri

Die Tage bei Esther und Avi flossen ruhig dahin. Daniel schlief lange und beobachtete dann von der Terrasse aus die Vorbeiziehenden. Hin und wieder strich Samson, ein schwarz-weiß gefleckter Kater, um seine Beine. Sein Onkel hatte das Tier verletzt aufgegriffen, seitdem folgte es Avi auf Schritt und Tritt. Gegen zehn Uhr fuhr regelmäßig ein alter Mann auf seinem Rentnermobil in Richtung *Chadar Ochel*.

»Leo schält Kartoffeln jeden Tag, obwohl er natürlich nicht mehr arbeiten muss«, erzählte Esther, die sich oft zu Daniel gesellte. Bald darauf beobachtete er den arabischen Gärtner seine Schubkarre Richtung Pool schieben und am späten Vormittag zogen zwei Jugendliche einen Bollerwagen voller Lebensmittel hinunter zu ihren Wohnstätten.

»Sie könnten das fertige Essen aus dem Speisesaal bekommen, aber sie müssen lernen, für sich selbst zu sorgen.«

Nachmittags veranstalteten sie manchmal eine *Geschichtsstunde*. Esther und Avi waren Daniels Zeugen für die Existenz seines Vaters und wurden nicht müde, in ihrem Gedächtnis nach Begebenheiten zu graben, von denen sie nicht vermutet hätten, dass sie noch einmal von Bedeutung sein würden. Besonders seiner Tante bereitete es sichtbares Vergnügen, in die Vergangenheit abzutauchen.

»Irgendwann kam Uri aus Deutschland zurück. Man bot ihm an, zu bleiben, aber er wollte nichts mehr vom Kibbutz wissen. Ich glaube, das fing schon im Kinderhaus an.«

»Was?«

Esther nahm einen Schluck *Kaffee Boz*, Schlammkaffee, wie sie den türkischen Kaffee hier nannten. Er war erst trinkfertig, wenn sich das Pulver auf dem Grund der Tasse abgesetzt hatte.

»Mein Bruder war unglücklich im Kinderhaus. Er war von klein an Einzelgänger. Solche Menschen haben es schwer im Kibbutz.«

Avi lachte. »Uri war das Gegenteil von dir, *nachon* Esther?«

»Ich habe mich mit den vielen Kindern wohl gefühlt. Aber Uri ... die Pflegerinnen erzählten unserer Mutter, dass er zur Schlafenszeit am Gitterbett stand und verzweifelt weinte. Natürlich wurde er von den anderen gehänselt: Uri, das Baby! Auch später in der Schule ist er dauernd nach Hause gelaufen. Ich glaube, deswegen wollte er dich nicht ins Kinderhaus geben ...«, Esther schwieg unvermittelt.

»Wieso mich?«

»Will noch jemand Kaffee?«, fragte Avi. Als niemand antwortete, machte er sich, Samson dicht auf den Fersen, mit seiner leeren Tasse auf den Weg ins Haus.

Seine Tante schaute ratsuchend auf den leeren Stuhl.

Daniel nahm einen tiefen Schluck des dunklen Gebräus und geriet augenblicklich ins Husten. Er hatte vom Kaffeesatz getrunken, der sich bitter an seine Kehle heftete.

»Als ihr zu Besuch wart ... Rita wollte ein bisschen durchs Land reisen und dich für ein paar Tage im Kinderhaus lassen, aber Uri war dagegen«, beendete Esther ihren Satz.

Avi kehrte mit einem frischen *Kaffee Boz* zurück.

»Du wolltest von *Abba* erzählen, wie er aus Deutschland zurück nach Israel kam«, erinnerte Daniel.

Dankbar nahm Esther den Faden auf. »Uri fand Arbeit im Hafen von Haifa. Irgendetwas im Lager. Wir hörten eine Weile nichts von ihm. Irgendwann schrieb er, dass er ein *Choser beTshuwa* geworden war. Wir waren alle entsetzt!«

»*Choser* ...?« Daniel wurde bang. War sein Vater etwa mit dem Gesetz in Konflikt geraten?

»Das ist einer, der zurück zur jüdischen Religion findet«, erklärte ihm sein Onkel. »Uri fing an, die Speisegebote und ein paar Hundert weitere Vorschriften einzuhalten. Wenn er zu Besuch kam, weigerte er sich, unser Essen anzurühren.«

»Warum?«

»Nicht *koscher* genug! In Kfar Zevulon scheren sich die Menschen nicht um Religion und die Speisegebote.«

Avi räusperte sich. »Jedenfalls hat er bald darauf geheiratet und ist mit seiner Frau in eine orthodoxe Siedlung in die *Westbank* gezogen.«

Daniel stockte der Atem. Es war, als habe der Vater ihn ein zweites Mal verlassen. Der Vater, den er kaum gekannt hatte, wurde ihm noch fremder, wenn er sich ihn als orthodoxen Juden vorstellte, wie er rhythmisch zu den Gebeten wippte, sich seltsam kleidete und nicht mehr aß, was Daniel aß. Nach allem, was er wusste, hatte Uri nichts aufs Judentum gegeben und sogar hingenommen, dass sein Sohn katholisch getauft wurde.

»Aber er war doch nie ...«, hob er hilflos an.

»*Nachon*! Nie religiös. Dein Vater wollte sich nicht vorschreiben lassen, wie er zu leben hat, nicht vom Kibbutz und auch sonst niemandem. Ich habe von vornherein nicht geglaubt, dass er mit Gott und den ganzen Ritualen etwas anfangen kann.«

»Vielleicht hat er Halt gesucht«, meinte Avi.

»Jedenfalls hielt seine Ehe nicht lange und Uri verließ die Siedlung, Migdal Oz hieß sie, glaube ich.«

In Daniel breitete sich eine Erleichterung aus, die er nicht verstand. Was machte es für einen Unterschied? Religiös oder nicht, sein Vater war tot und seit langem aus Daniels Welt verschwunden. Er erinnerte sich an *Abbas* Besuch in Lüneburg und dachte an sein Geschenk.

»Weißt du, ob sie in dieser *Westbank*-Siedlung Briefbeschwerer hergestellt haben? Mit Jericho-rosen?«

Esther schaute überrascht und überlegte dann angestrengt. »Ich glaube, es gab dort eine kleine Fabrik für Souvenirartikel aus der Wüste. Wie kommst du darauf?«

»*Abba* hat mir einmal eine Kugel mitgebracht. Darin war eine Jerichorose.«

Warum war sein Vater damals nach Lüneburg gekommen? Er hatte ganz normal ausgesehen. War es nach der Trennung von seiner orthodoxen Ehefrau? Hatte er die Hoffnung, von Rita und Daniel wieder aufgenommen zu werden? Noch etwas brannte ihm auf der Seele. Etwas, das ein Teil von ihm verdrängen wollte, der andere aber wissen musste.

»Hatte er eine neue Familie?«

Esther nickte langsam. »Er hatte zwei Kinder

mit der Orthodoxen. Wenn sie verheiratet geblieben wären, wären es locker fünf oder sechs geworden.«

Daniel rechnete nach. Diese Kinder mussten ungefähr zehn Jahre jünger sein als er selbst. Ob sie religiös lebten? Oder waren sie den umgekehrten Weg gegangen, von orthodox zu weltlich?

»Wo hat er nach der Trennung von der orthodoxen Frau gewohnt?«

»Mal hier, mal da. In den letzten Jahren war er Hausmeister im Touristendorf eines Beduinen.« Esther schüttelte lächelnd den Kopf. »Uri – immer für eine Überraschung gut!«

»Er lebte in der Wüste?«

»Nein, im *Galil*. Auch im Norden gibt es Beduinen«, erklärte Avi. »Die meisten wohnen mittlerweile in Dörfern und Städten. Ihre Kamele haben sie durch Pick-ups oder edlere Fahrzeuge ersetzt.«

Daniel gab sich einen Ruck. »Ich würde gerne hinfahren, wenn es nicht zu weit ist.«

»Nichts ist weit in diesem Land! Sobald ich den los bin«, Esther klopfte auf den Gips, »fahren wir nach Bu'eina Nujeidat. Tarek, der Besitzer des Feriendorfs, hat noch ein paar Sachen von deinem Vater!«

Goethe und Herzl

Die Wände des Gästezimmers waren fast vollständig mit wackeligen Buchregalen zugestellt. Ein besonders breites bog sich unter der Last alter deutscher Bücher.

»Die haben meine Eltern aus Europa mit nach Palästina gebracht. Du kannst alles lesen und anschauen«, ermutigte ihn Esther.

Während sie abends mit Avi im benachbarten Wohnzimmer Soaps und Talkrunden schaute, blätterte Daniel in den Werken zionistischer Vordenker. Theodor Herzl: *Altneuland. Wenn ihr wollt, ist es kein Märchen.* Er erinnerte sich an Michals Ausspruch, als er beim nächtlichen Anblick Haifas schier überwältigt war. Erst jetzt verstand er ihre Anspielung.

Zu den Wegbereitern Israels gesellten sich wie selbstverständlich ein zerlesener Atlas aus der österreichischen Kaiserzeit und die wichtigsten Werke von Goethe und Schiller, zum Teil in Fraktur gedruckt und mit Exlibris-Stempeln versehen. *Zipora Rapoport* las Daniel. Seine Großmutter. *Else Samuelsdorf* – vermutlich die Uroma. Wie hatten sich seine Vorfahren gefühlt? Als deutsche Juden oder jüdische Deutsche?

Wahrscheinlich war bei vielen erst durch die nationalsozialistische Verfolgung das Jüdische in den Vordergrund getreten. Wann waren aus deutschen jüdische Menschen geworden, wann aus Juden Israelis?

Zwischen den Buchseiten verband sich der Staub Böhmens und Pommerns mit dem alt-neuen Staub des verheißenen Landes und erstickte Daniels Schmökerlust immer wieder in einem Hustenanfall.

Einmal – er wollte sich gerade vom Buchregal abwenden – blieb sein Blick an einem besonders zerfledderten Band hängen: *Diebe in der Nacht* von einem gewissen Arthur Koestler. Bei dem Titel vermutete er einen Krimi. Tatsächlich erzählte der Roman die Geschichte von Juden, die seit Ende des 19. Jahrhunderts nach Palästina einwanderten, einer vernachlässigten Provinz des osmanischen Reiches und später britisches Mandatsgebiet. Sie flohen vor Pogromen oder kamen aus Idealismus – die Grenzen waren schwer zu ziehen.

Anders als die frommen Pilger vergangener Zeiten wollte die junge jüdische Generation nicht an alten Mauern beten. Ihr Ziel war, sich nach 2000-jährigem Exil eine Heimat aufzubauen. Sie stammten aus ganz Europa, hatten wohlhabende Elternhäuser verlassen oder elende. Viele wollten in Gemeinschaftssiedlungen eine gerechtere

Gesellschaft aufbauen, andere schufen sich eine Existenz in der Stadt. Begierig sog Daniel Seite für Seite in sich auf und konnte sich auch nicht von der Lektüre lösen, als nebenan die Fernsehstimmen und das Murmeln von Avi und Esther verstummt waren. Im Morgengrauen schlief er ein.

Haifa

Esther packte ihre Handtasche. »Avi bringt mich heute zum Orthopäden, der Gips kommt ab. Du kannst mit uns in die Stadt fahren und abends den Bus nehmen.«

Daniel verstand. Er begann, ihnen lästig zu werden. Sie hatten genug von seiner ewigen Anwesenheit! *Herumgehocke* hatte seine Mutter es genannt, wenn er lieber in der Wohnung blieb, während die Nachbarskinder draußen herumtobten.

»Ja, ist gut.«

»Das hört sich unbegeistert an ...!«

Das lustige Deutsch seiner Tante konnte Daniel heute kein Lächeln entlocken. Auch Avis gutgemeinte Hinweise auf Sehenswürdigkeiten (»du musst unbedingt zum *Tel Shikmona* und in die *Deutsche Kolonie*«) ließ er ungerührt an sich vorbeiziehen. Er hatte geglaubt, seine Gegenwart bereite ihnen Freude. Wie naiv von ihm!

Er wanderte ziellos durch die Stadt. Sie erstreckte sich auf mehreren Ebenen, die über Serpentinenstraßen und Treppen miteinander verbunden waren. Er hielt Ausschau nach einem

Reisebüro. Niemand zwang ihn, drei Wochen als unerwünschter Gast im Kibbutz alte Männer, arabische Gärtner oder benachteiligte Jugendliche bei ihren Verrichtungen zu beobachten! Seine Mission war erfüllt. Er hatte Vaters Grab besucht und den Ort seiner Kindheit kennengelernt. Was erwartete er noch?

Opens at 4:00 pm, informierte ein Schild vor der Tür des Reisebüros. Im Schaufenster lockten farbenfrohe Plakate nach New York, L.A., Paris, Kreta und Antalya. Daniel schlenderte weiter. Im *Hadar,* der Mittelstadt, kaufte er ein Falafelsandwich und suchte sich im benachbarten Park einen schattigen Platz mit Hafenblick. Er wusste nicht, wann der letzte Bus zum Kibbutz fuhr, und es interessierte ihn auch nicht. Wenn sie ihre Ruhe brauchten, sollten sie sie haben! Er knüllte das Verpackungspapier zusammen, warf es neben den Mülleimer und verließ den Park. Auf der anderen Straßenseite sah Daniel den Eingang zur U-Bahn, die im Felsinneren in wenigen Stationen beinahe 300 Höhenmeter überwand. Nach drei Haltestellen war er in der Unterstadt angelangt. Im Rucksack vibrierte sein Handy.

Er lief unbeirrt eine mehrspurige Straße entlang, als er hinter einer Mauer ein Passagierschiff und ein U-Boot entdeckte. Laut Google Maps waren sie Teil des *Museums für illegale*

Einwanderung und Marine, das aber bereits geschlossen hatte. Daniel schaute auf die Uhr. Fürs Reisebüro war es mittlerweile zu spät. Wenn er sich jetzt auf den Weg machte, wäre noch Zeit, wie vereinbart Yigal im Kibbutzmuseum zu treffen. Welche Wahrheiten und Geheimnisse würde er wohl über *Abba* enthüllen?

Er ließ die Bushaltestelle nach Kfar Zevulon links liegen und wandte sich der Küste zu. Am Ufer lag ein halbes Dutzend Fischerboote mit arabischen Namen, von denen die Farbe abblätterte. Er setzte sich auf einen Felsen und beobachtete in der untergehenden Sonne eine Gruppe palästinensischer Männer beim Angeln. Früher war es ihre Stadt gewesen. Ihr Land. Er dachte an *Diebe in der Nacht*, er hatte es fast ausgelesen.

Palästina war bei der Ankunft der Juden nicht leer. Die einheimische Bevölkerung musste verdrängt werden, um den Traum von einem jüdischen Staat zu verwirklichen. Die Einwanderer konnten edle Ziele nur mit unedlen Mitteln erreichen und mussten sich schuldig machen, um ihr Überleben zu sichern.

Würde es eines Tages ein Museum für die Fischerboote mit den arabischen Namen geben? Wie hatten Daniels Großeltern darüber gedacht? Er nahm sich vor, Esther in den nächsten Tagen zu Simcha und Zipora zu befragen. Er fingerte das Handy vom Grund des Rucksacks und wählte ihre Nummer.

»Der 19-Uhr-Bus ist weg. Ich komme mit dem Taxi.«

Zumindest Yigal hatte er sich erspart.

»Wir haben schon zu Abend gegessen«, begrüßte ihn seine Tante und stellte einen Teller mit Humus und Pita-Brot auf den Küchentisch. Sie schien ihm seine Unhöflichkeiten nicht übel zu nehmen und verkündete mit Blick auf ihr Bein, dass sie sich fit genug für die Fahrt ins Touristendorf fühle.

Bu'eina Nujeidat

Sie fuhren durch Galiläa, vorbei an arabischen Dörfern und Städten, die im Vergleich zu jüdischen Ansiedlungen zusammengewürfelt und etwas unordentlich wirkten. Nach einer knappen Stunde erreichten sie Bu'eina Nujeidat. Die Beduinenstadt schmiegte sich an einen kargen Hügel, den Avi bis zum höchsten Punkt hinauflenkte. Von hier bot sich eine Rundumsicht auf die Bergwelt und ein Tal, dessen Felder sich in verschiedenen Grüntönen vor Bu'eina Nujeidat ausbreiteten.

Mit theatralischer Miene, die sie vermutlich dem Personal ihrer Vorabend-Soaps abgeschaut hatte, stellte Esther ihm die Gegend vor: »Das *Bet Netofa-Tal*!«

»Und das da hinten«, Avi wies auf eine Linie am Nordrand der Ebene, »ist der nationale Wasserkanal. Er führt von Galiläa bis in den *Negev* und versorgt Städte und Landwirtschaft mit Wasser. Gebaut wurde er zwischen ...«

Esther verdrehte die Augen. »*Dai*, Avi, genug. Vielleicht hat Daniel gar keinen Kopf für deine Geschichtsstunden.«

»Ich kann den Historiker in mir eben nicht

verleugnen – dabei habe ich gerade mal zwei Semester Geschichte studiert und bin dann auf die Landwirtschaftsschule.«

Daniel gefiel seines Onkels Hang zur Selbstironie. »Bei mir brauchst du den Historiker nicht zu verleugnen«, scherzte er mit einem Augenzwinkern, worauf Esther demonstrativ den Kopf auf die Brust fallen ließ und in gespieltes Schnarchen verfiel.

Avi berichtete nun ungestört von Wasserleitungen, in Israel entwickelten Bewässerungssystemen – »dein anderer Onkel, Eliezer, hat eine solche Firma mitgegründet!« – und Wäldern in der Wüste. Daniel beneidete ihn um den ungetrübten Stolz auf seine Heimat.

Auf dem Weg zurück in die Stadt bremste Avi abrupt vor einer Gruppe Mädchen, die in blauen Schulkitteln jeweils zu zweit die Straße überquerten. Sie wirkten anders als die Kibbutzkinder. Deren einfache Kleidung schien praktischen Erwägungen geschuldet, während es hier ärmlich aussah. Auch die Häuser unterschieden sich mit ihren heraushängenden Wäscheleinen und abblätterndem Putz von denen in jüdischen Kleinstädten.

»Guckt euch ruhig ein bisschen um, ich warte im Auto«, sagte Esther mit Blick auf ihren rekonvaleszenten Fuß.

Die Stadt interessierte Daniel nicht besonders, aber er wollte die beiden, die sich so um ihn bemühten, nicht vor den Kopf stoßen.

Am zentralen Platz vor der grünkuppeligen Moschee prangte eine arabisch-hebräische Hinweistafel zur Geschichte Bu'eina Nujeidats, die Avi übersetzte. Der Ort war seit der Eisenzeit bewohnt. Im 12. Jahrhundert, nach dem Ende der Kämpfe gegen die Kreuzfahrer, siedelten sich südarabische Söldner Saladins an der strategisch wichtigen Stelle über dem Tal an.

Es folgten einige Fakten zu Kindergärten, Schulen, Kultureinrichtungen und Einwohnerzahl. Der Text schloss mit dem Hinweis, dass viele Söhne der Stadt freiwillig Dienst in der Armee leisteten und nicht wenige ihr Leben für Israel gelassen hatten. Offenbar betrachteten die Beduinen, anders als die meisten Palästinenser, Israel als ihren Staat und pflegten ein freundschaftliches Verhältnis zu jüdischen Israelis. Dennoch gab es eine Sache, die Daniel nicht verstand.

»Warum hat sich *Abba* eigentlich hier niedergelassen? Wenn er mit der Familie nichts zu tun haben wollte, hätte er doch überall sonst wohnen können.«

Avi kratzte sich am Ohr. »Ich glaube, Uri hatte immer ein schlechtes Gewissen den Arabern gegenüber. Er hat sogar unbezahlt bei Tarek gearbeitet, für freies Wohnen und ein Taschengeld.«

Im Auto, wo Esther bei laufendem Motor und eingeschalteter Klimaanlage auf sie wartete, telefonierte Avi mit seinem Handy und erhielt ein paar Anweisungen.

»*Yallah*, auf zu Tarek, er begleitet uns ins Feriendorf!«

Sie verließen das Häusergewimmel und fuhren zu einem Grundstück mit einem leicht zurückliegenden Haus aus Jerusalem-Stein. Mit seinen Baumpflanzungen, Blumenbeeten und befestigten Wegen bildete das Anwesen einen deutlichen Kontrast zum Rest der Stadt.

Ein Mann wartete an der breiten Garagenauffahrt. »*Ahlan wa Sahlan*!«, begrüßte er sie und an Daniel gerichtet: »Welcome. I'm Tarek.«

Nicht, dass Daniel sich unter einem Beduinen einen Mann mit gewürfeltem Kopftuch und Vollbart vorgestellt hatte, aber sein Gegenüber wäre mit seinem sorgfältig getrimmten Bart, weißem Hemd und Jeans in Deutschland als Beispiel gelungener Integration durchgegangen.

»*Marhaba!*« Damit war der arabische Wortschatz von Ester und Avi offenbar erschöpft. Sie wechselten ins Hebräische und tauschten sich, wie Daniel vermutete, über das Wetter, die wirtschaftliche Lage und die Gesundheit der Familie aus.

Anschließend folgten sie Tareks Pick-up aus der Stadt und fanden sich nach einigen scharfen Kurven auf einer Schotterpiste, die in einer weitläufigen Grünanlage endete.

Der Bademantel

»Wahat al-Baṭūf. Die Oase von Baṭūf. Here we are!«, verkündete Tarek mit sichtbarem Stolz. Aus einem der Strohhäuser trat eine Frau zu ihnen, das Kopftuch lose ums Haar gelegt.

»My wife Aisha«, stellte er sie vor.

»*Shalom*«, hieß Aisha die Gäste willkommen. »Have a coffee!« Tante und Onkel folgten ihr durch einen kleinen Park, während Tarek Daniel beiseite nahm.

»Sorry for your loss. Mein Beileid. Uri hat nicht viel hinterlassen«, fügte er hinzu, als wollte er Daniels Erwartungen dämpfen. Der erwartete nichts, sondern folgte dem Beduinen schweigend zu den Holzhütten am Rande des Camps. Ein Teil der einfachen Behausungen diente den Angestellten zur Übernachtung, in anderen waren Lagerräume untergebracht.

»Hier ist das Haus deines Vaters.«

Sie betraten eine Hütte etwas abseits der anderen. Tarek betätigte einen Schalter, worauf die Klimaanlage brummend ihren Dienst aufnahm. Das Zimmer wirkte karg und war nur mit einem Bett, Tisch, Stuhl und Schrank möbliert. Von der

Decke baumelte eine Glühbirne. Es roch nach kaltem Zigarettenqualm.

»Mein Vater war Kettenraucher, nicht wahr?«

»Ja, das stimmt. But he was a good man, immer da, wenn man ihn brauchte – bis zuletzt.« Tarek deutete zu einem kleinen, abgegriffenen Koffer am Boden vor dem Kleiderschrank. »Das ist jetzt deiner.«

Daniel zuckte zusammen, als eine laute, orientalische Klingelmelodie den Moment zerschnitt.

»Excuse me«, sagte Tarek und ließ ihn zurück.

Das also war von *Abbas* Leben übriggeblieben. Daniels Herz pochte. Er betrachtete den Koffer aus sicherer Entfernung, als könnte eine unbedachte Bewegung eine brüchig gewordene Schnur anzünden und binnen Sekunden alles in die Luft jagen. Langsam näherte er sich. Der Koffer war aus Leder und an den Kanten mit Metall verstärkt. Auf dem Deckel hafteten unzählige verblasste Aufkleber. Zadar. Die Akropolis. Irgendein unlesbar gewordener Ort am Wörthersee.

Langsam fanden Daniels Finger das kühle, leicht angerostete Schloss. Er drückte die Seiten zusammen, worauf es sofort aufsprang und den Blick auf einen Bademantel freigab, der beinahe das gesamte Innere ausfüllte. Daniel hob ihn vorsichtig heraus und ertappte sich bei der Vorstellung, der Mantel würde zerfallen, sobald er mit Tageslicht und Luft in Berührung käme.

Er hielt sich den dicken, blaurot gestreiften Stoff an die Brust und war plötzlich wieder im Lüneburger Freibad. Manchmal waren sie sonntags zu dritt hingegangen und *Abba* hatte sich für den kurzen Weg einfach den Bademantel übergeworfen, damit er sich im Schwimmbad nicht umziehen musste. Während er seine Bahnen zog, plantschte Daniel im Nichtschwimmerbecken und Rita saß, in eine Illustrierte vertieft, am Beckenrand. Wenn er bibbernd aus dem Wasser kam, hüllte sie ihn in den dicken Frotteestoff. Zusammen beobachteten sie *Abba*, wie er im tiefen Becken mühelos zwischen den Schwimmstilen wechselte. Nach dem Bad trocknete er sich an der Luft und Daniel musste den Mantel erst hergeben, wenn sie das Schwimmbad verließen.

Er strich über den Kragen, der fast keine Verschleißspuren aufwies. Der Bademantel roch schwer nach altem Rauch und es kostete Daniel einige Überwindung, ihn anzuziehen. Er war etwas zu eng, passte aber in der Länge perfekt, was ihn verwunderte. *Abba* war ihm immer so groß erschienen. Die Klimaanlage ließ ihn frösteln. Er behielt den Mantel an, während er den weiteren Inhalt des Koffers in Augenschein nahm.

Zwischen einem Karohemd und einer Arbeitshose lag eine braune Briefmappe mit Fotos. Ein Junge mit Schläfenlocken und *Kippa*, daneben ein kaum älteres Mädchen mit langärmliger Bluse und Strumpfhose unter dem Rock, lecken genüsslich an einem Eis. Levi und Sarah steht – seltsamerweise in lateinischer Bleistiftschrift – auf der Rückseite. Das nächste Foto ist offenbar in einer Synagoge aufgenommen. Sein Vater präsentiert sich inmitten von Männern, die jeder für sich sein Zwilling sein könnten. Alle haben *Gebetsriemen* um ihre Arme gewickelt und sind identisch mit schwarzen Hosen und weißen Hemden gekleidet, unter denen *Schaufäden* herabbaumeln. Ein Bild zeigt Daniel. Er ist ungefähr fünf Jahre alt und hält ungelenk ein Kaninchen hoch, im Hintergrund sind die Häuser der Lüneburger Nachbarschaft zu erkennen. Es war, als lernte sich Daniel abseits des dünnen Fotoalbums in der mütterlichen Wohnzimmerschublade aus einer gänzlich neuen Perspektive kennen. Als gäbe ein anderer Fotograf oder ein anderer Aufbewahrungsort einen veränderten Blick auf den Menschen frei.

Im Koffer lagen noch ein hebräisch-arabisches Wörterbuch, ein altmodisches Handy, verschiedene Ausweise und ein Kästchen mit der verspielten Aufschrift *Aus der Goldstadt Pforzheim*. Daniel öffnete es behutsam. Die Manschettenknöpfe im Inneren wirkten wie aufgespießte Schmetterlingspräparate. Vorsichtig nahm er einen Knopf heraus. Die Oberseite war farbig glasiert, die goldene Unterseite trug eine Gravur: *Zur Matura 1932*. Ob sie seinem Großvater gehört hatten, der sie an *Abba* weitergab? Daniel konnte sich keinen Anlass vorstellen, an dem Uri sie getragen hätte.

Es klopfte an der Tür. Er ließ die Manschettenknöpfe sinken. Tarek.

»Your father's German Bademantel!«, stieß er überrascht aus.

»Yes«, stammelte Daniel.

»Entschuldige. Ich wollte mich nicht lustig machen«, sagte Tarek. »Sicher ist er ein wertvolles Erinnerungsstück für dich.«

»Es ist schon o.k.« Er zog die Kordel fester um seine Taille. »Danke, dass du *Abbas* Sachen für mich aufbewahrt hast.«

Der Beduine zögerte, vermutlich, um sich nicht gleich einer neuen Taktlosigkeit schuldig zu machen.

»Trägt man so was in Deutschland?«

»Heutzutage nur in der Sauna oder im Spa.« Jetzt war die Verlegenheit bei Daniel. Sein Gegenüber schien modern, allerdings trug seine Frau Kopftuch und er konnte sich die beiden beim besten Willen nicht in der Kölner Claudiustherme oder im Mediterana vorstellen.

»Und mein Vater ... ist er tatsächlich hier damit herumgelaufen?«

Tarek schmunzelte. »Manchmal kam er nach der Arbeit im Bademantel aus seiner Hütte. Er ging zum Pool, warf den Mantel auf den Boden, sprang kopfüber ins Wasser und drehte ein paar Runden. Wir fanden es ...«, er zögerte, » ... lustig, aber er hat es sich nicht nehmen lassen, obwohl er schon ziemlich krank war. Uri machte sein Ding.«

Daniel nickte. Vermutlich lebte sein Vater lieber unter fremden Menschen, die weniger Erwartungen und Ansprüche an ihn hatten. In Lüneburg war er Israeli gewesen, in der orthodoxen Siedlung ein Neubekehrter, dem man einiges Unorthodoxe durchgehen ließ. Und hier in Wahat al-Baṭūf war er der Exot, dem man zugestand, im Bademantel an den Pool zu gehen. Und wer weiß, vielleicht hatte *Abba* als Hausmeister im Feriendorf sogar Gelegenheit gefunden, seine Manschettenknöpfe zu tragen.

Mittags luden Tarek und Aisha sie zu einem ausladenden Festmahl im Palmengarten ein. An zwei Spießen drehten sich ein Lamm und eine Ziege. Junge Leute, offenbar Jobber aus aller Welt, brachten Schälchen mit Salaten, Vorspeisen und eine Karaffe selbst hergestellter Zitronenlimonade. Aisha pries unterdessen ihre mit einer pikanten Mischung aus Reis, Minze und Pinienkernen gefüllten Weinblätter: »Die wachsen in meinem Garten, ohne Chemie!«

Sie verschwand nach kurzer Zeit wieder in die Küche und auch Tarek erhob sich, bevor der Kaffee gebracht wurde. »Ich muss nach Nazareth, eine Gruppe Neuseeländer abholen. *BeTe'awon,* guten Appetit!«

Daniel stand auf und umarmte ihn zum Abschied.

»Danke.«

Ausgucke

Später fuhren sie durch die galiläischen Berge, die in ihrem nachmittäglichen Braun-Beige einen scharfen Kontrast zum tiefblauen Himmel lieferten. Arabische Dörfer und Städte mit spitzen Minaretten wechselten sich mit kleineren jüdischen Siedlungen ab. Die meisten von ihnen waren auf Berg- und Hügelkuppen gelegen, von wo sie das Umland überschauten.

»Sind das Kibbutzim?«, fragte Daniel.

Avi schnalzte mit der Zunge und schüttelte dabei leicht den Kopf, eine Geste, die Daniel in Israel schon häufiger aufgefallen war. »Das sind *Mitzpim. Mitzpe* heißt eigentlich Ausguck. Die Dörfer wurden in den 8oer Jahren als Gegengewicht zu den vielen arabischen Ortschaften gebaut.«

»Wovon leben die Leute?«

»Manche haben eine Landwirtschaft, aber die meisten möchten nur in der Natur wohnen und fahren zur Arbeit in die nächste Stadt, die ist ja nie weit. Übrigens hat mein Bruder Kobi mit seiner Familie eine Weile in einer *Mitzpe* gelebt.«

»Warum sind sie weggezogen?«

»Kobi hat den Ort verlassen. Nach seiner Scheidung gehörte er irgendwie nicht mehr dazu.«

»Israel ist ein Land für Kinder und Familien«, erklärte Esther. »Alles ist auf sie ausgerichtet: Spielplätze, Streichelzoos, Kindergärten, Summercamps. Natürlich fliegt ein Single nicht aus der Siedlung raus, aber er passt eben auch nicht mehr rein.«

Avi verlangsamte das Tempo und fuhr auf eine Bushaltestelle zu, an der eine Gruppe Soldaten wartete. Er ließ die Scheibe herunter.

Eine Uniformierte trat an das Auto und stellte Avi eine Frage. Daniel war die Szene nicht geheuer. Was wollte die Frau von ihnen? Sein Onkel antwortete etwas mit Haifa, worauf sie mit dem Kinn auffordernd in die Menge deutete, aus der sich ein Soldat mit zwei riesigen Reisetaschen löste.

»*Yallah!*« Mit größter Selbstverständlichkeit verstauten sie ihr Gepäck im Kofferraum.

»Nimmst du die etwa mit?«, fragte Daniel mit einer Mischung aus Erschrecken und Staunen.

»Trampen ist in Israel sehr verbreitet, vor allem unter Soldaten. Von manchen Standorten kommen sie nur schwer weg, deshalb nehmen wir sie gerne mit. Sie sollen ihre knappe Freizeit nicht mit Warten verschwenden.«

»*Shalom!*« Der Mann und die Frau setzten sich zu Daniel auf die Rückbank.

Der Soldat setzte Kopfhörer auf und vertiefte sich in sein Handy. Daniel betrachtete seine Kumpanin (sagte man so?) aus dem Augenwinkel. Mehrere Ohrstecker zierten ihre Ohrmuschel. Während sie mit Esther und Avi Smalltalk hielt, erneuerte sie routiniert ihr Augen Make-up. Er konnte seinen Blick kaum von ihr lassen. Er hatte sich Soldatinnen anders vorgestellt. Strenger und nicht so attraktiv.

Albträumen

Nachbarn hatten ihn mit Schlägen und Drohungen aus der *Mitzpe* vertrieben. Im Wegrennen wandte er sich um und rief zurück: »Warum?«

»Du hast keine Kinder!«, fluchten sie ihm hinterher und warfen Gegenstände nach ihm.

Die nächsten Tage schweifte Daniel ziellos durch die Gegend, nachts versteckte er sich hinter einem Grabstein im Schwimmbad, der sich – kaum war die Sonne aufgegangen – in einen Startblock verwandelte. Bevor er ins kühle Wasser sprang, musste er jedes Mal einen Haufen winziger Steine wegräumen. Vergaß er einen einzigen, wich das Wasser aus dem Becken und er brach sich beim Sprung auf den Beton eine Hand oder einen Fuß und es dauerte Stunden, bis er es über die Leiter aus dem Becken schaffte.

Irgendwann schreckte Daniel schweißgebadet aus seinen wirren Träumen und fürchtete jeden Abend mehr, sich dem Schlaf zu überlassen. Immer lauerten im dunklen Zimmer neue Schrecklichkeiten: Einmal fand er auf seiner Matratze hunderte aufgespießte Schmetterlinge, manche zuckten noch. Annette sagte, wenn er herausfände, wie sie hießen und woher sie kämen, könnte er sie erlösen. Hin und wieder weckten ihn Schüsse und er vernahm ein entsetztes »*Oj waWoj* – Oh je!*« aus dem Mund seiner Tante. Er setzte sich mit wild pochendem Herzen auf und verstand: Es war bloß ein Traum. Die Schüsse kamen aus dem Wohnzimmer, wo Esther und Avi wie jeden Abend ihren Spätkrimi schauten.

Meistens kam Daniel erst zur Ruhe, wenn erste zaghafte Sonnenstrahlen durch die Jalousie drangen. Sein Bett verließ er erst am späten Vormittag, wenn Samsons Schnurrhaare über seine Wange kitzelten und der Kater lautstark Aufmerksamkeit einforderte.

Das Haus war leer, Esther arbeitete wieder stundenweise in der Wäscherei und auch Avi war regelmäßig unterwegs. Daniel schleppte sich mühsam in die Küche, kochte einen *Kaffee Boz* und setzte sich auf die Terrasse. Der ewig blaue Himmel und das Zwitschern der Vögel beleidigten ihn. In seinem Kopf herrschte ein Gefühl dumpfer Trägheit. Es wohnte irgendwo zwischen Stirn und Scheitel, tat nicht weh und speiste sich wohl aus Langeweile und Leere. Was war mit ihm los? Die Galiläa-Tour und das Festessen im Touristendorf hatten ihm gefallen. Er hatte viel Neues über Israel erfahren und von Tarek einige Erinnerungsstücke des Vaters bekommen.

Kraftlos winkte Daniel zum arabischen Gärtner hinüber – er hatte ihn kürzlich angesprochen und herausgefunden, dass er Abdulkader hieß. Er beobachtete Leo, der auf seinem Rentnermobil von der Küchenarbeit zurückkehrte, ein Lied mehr brummend als summend auf seinen Lippen. Sicher ein Evergreen aus Pionierzeiten, mutmaßte Daniel mit Blick auf den israelischen Wimpel, der hinter dem Fahrersitz im Wind flatterte. Ihm fiel der Stapel Schallplatten mit *Liedern der ersten Stunde ein,* den er gestern im Wohnzimmer entdeckt hatte und sah den jungen Leo vor sich, wie er zusammen mit den Frauen und Männern auf dem Plattencover die Sense durchs goldgelb wogende Weizenfeld schwang. Dabei spielten seine Muskeln im Gleichklang der Bewegungen unter der braungebrannten Haut.

Daniel dachte an *Abba*. Sein Vater hatte ihm etwas zurückgelassen, aber zufällig, absichtslos. Der Bademantel, die Manschettenknöpfe und die anderen Sachen im Koffer – sie meinten nicht ihn persönlich! Kein Brief, keine alte Uhr, die er ihm vermachte. Nicht einmal ein Wort. Nichts.

Verbrannte Flügel

Gegen Abend raffte sich Daniel manchmal zu ein paar Bahnen im Pool auf. Auf dem Rückweg hielt er bei der Figurengruppe, wo das Haus der Großeltern gestanden hatte. Er setzte sich unter einen Eukalyptusbaum und lauschte dem Rascheln der silbrig-grünen Blätter. Im leichten Wind wandelte sich die kleinste der acht Bronzefiguren zum Jungen Uri, der sich – lange bevor er Daniels Vater wurde – am Nachmittag beeilte, das Kinderhaus hinter sich zu lassen. Seine kurzen Beine trugen ihn schnell zu den Eltern. Nur keine kostbare Zeit verlieren.

Wenn Daniel zu Esther und Avi zurückkehrte, erwarteten sie ihn auf der Terrasse mit Pita-Brot, Gurken, Oliven und einem säuerlichen, weißen Käse. Er wunderte sich, wie entspannt sie seine Trägheit hinnahmen. Rita hatte ihn in solchen Phasen stets gedrängt, hinauszugehen, Kumpel finden, Mädchen treffen, bloß weg von den Büchern und später den immer selben Heavy-Metal-Tracks.

You ride on through heaven, you don't feel no pain. Endlos war er auf seinem Schaukelpferd geritten. Ein Hin und Her ohne Fortkommen.

You ride on and ride on, again and again
On the needle that brings you the light
You feel the mind-blowin',
stuff flow through your veins
You take off and fly to the sun.

In einer Endlosschleife hatte er sich in Beziehungen hineinziehen lassen.

But when you get too near, your wings will be burnt
You'll die in the flames and you'll fall.

Sich dabei die Flügel verbrannt oder Reißaus genommen, wenn es ihm zu nah wurde. In ständigem Kreislauf von An- und Abstoßung. Wie wenig vielleicht gefehlt hatte vom Schaukelpferd, Heavy Metal, den Monikas, Veras und Sandras, den ewigen Konsole-Spielen bis zur kühlen Nadel, die den erlösenden Stoff in die Venen leitete! Er hätte Freunde gebraucht. Zumindest falsche Freunde. Oder Connections. Auch dazu hatte es nicht gereicht. Hatte ihn das gerettet?

Seine Mutter – das wurde Daniel unter Esthers und Avis Fürsorge klar – wollte nichts als ihre Ruhe, wenn sie ihn drängte, unter Leute zu gehen. Eigentlich hatte sie damit nie hinter dem Berg gehalten. Während er aß, klang Ritas Stimme in seinen Ohren:

»Glaubst du, deine Oma Irmgard hatte Zeit für uns, wenn sie spät von der Arbeit nach Hause kam?« Es war mehr eine Feststellung, die sie in den Raum stellte, wenn sie am Wochenende zu ausgelaugt war, um wie versprochen mit Daniel in den Zoo zu gehen. Oder keine Zeit hatte, weil ein neuer Mann ihre Aufmerksamkeit forderte.

Damals hatte er begriffen, dass die Mutter es nicht leicht gehabt hatte und es an ihm war, ihr Leben nicht unnötig zu beschweren.

Nach dem Essen holte er die Schachtel mit den Manschettenknöpfen hervor.

»Die waren in *Abbas* Koffer«, sagte er und reichte Tante und Onkel je ein Exemplar. »Was bedeutet *Zur Matura 1932*?«

Esther überlegte nicht lange. »Die hat Simcha, dein Großvater, von seinen Eltern zur bestandenen *Matura* bekommen und an Uri vererbt.«

»Juden mit Geld«, stellte Daniel fest und biss sich auf die Zunge.

Esther schmunzelte. »Allerdings! Unser Vater stammt aus einer Glasfabrikantenfamilie. Man kann nicht sagen, dass sie am Hungertuch genagt hätten.«

»Was ist mit ihnen passiert?«

Sie wurde ernst. »*Arisazia*. Wie heißt das auf Deutsch?«

»Arisierung.«

»Nach Hitlers Einmarsch in die Tschecho-slowakei mussten die Juden ihr Eigentum zu einem Spottpreis verkaufen und Gablonz ver-lassen, genau wie die Tschechen. 1941 oder 1942 wurden sie ins Ghetto Lodz deportiert und der Rest ist Geschichte.«

Er schwieg. Die eigene Verlegenheit erinnerte ihn an seinen Klassenlehrer, Herrn Wirkes, nach-dem Daniel im Unterricht von der abenteuer-lichen Vespa-Tour durch die Lüneburger Heide berichtet hatte.

»Ihr wart bestimmt auch in Bergen-Belsen, nicht wahr?«, fragte ihn der Lehrer.

»Nein, warum?«

»Dein Vater ist doch …« Unvermittelt hatte Herr Wirkes innegehalten. »Dort war zur Hitler-zeit ein Konzentrationslager, wo viele Juden und Kriegsgefangene an Hunger und Krankheiten gestorben sind. Aber jetzt macht eure Hefte auf, Bergen-Belsen kommt im nächsten Schuljahr dran.«

Avi riss Daniel aus seinen Gedanken. »Irgendwo muss noch die Videocassette liegen, mit dem Interview, das Simcha diesem deutschen Volon-tär gegeben hat …«

»Der Journalist, der eine Weile im Kibbutz lebte?«, fragte Esther.

»*Nachon*.«

»Gleich morgen mache ich mich auf die Suche.«

»Das wäre toll!« Daniel würde seinen Großvater kennenlernen, ihm gewissermaßen gegenübersitzen! Er hatte Fotos gesehen, aber wie klang Simchas Stimme, wie bewegte er sich? Woran hatte er geglaubt? Es war aufregend, nicht nur *Abba*, sondern der Geschichte seiner Familie nachzuspüren.

Tom Sawyer

Es klopfte an der Tür.

»Hast du Lust auf eine Arbeit?«, fragte Avi. Er setzte sich mit verschmiertem T-Shirt und einer Hose, der man die ursprüngliche Farbe kaum mehr ansah, auf den Stuhl neben Daniels Bett.

»Arbeit?«

»Ein paar Alte streichen die Holzhäuser aus der Gründerzeit. Also, wenn du Lust hast ... wir fangen gleich an, morgens ist es noch nicht so heiß.«

»O.k.« Lust hatte er nicht, aber wohl keine Wahl.

Eine Viertelstunde später folgte Daniel, ausgestattet mit einem Karo-Hemd und kurzer Hose, seinem Onkel und Kater Samson zu einem abgelegenen Teil des Kibbutz, wo stark verfallene Holzhütten nur notdürftig von kahlstämmigen Kiefern beschattet wurden.

Avi erklärte: »Das waren unsere ersten festen Häuser.«

»Gegenüber den Zelten war es ein mächtiger Fortschritt«, knurrte einer der Alten mit einer gefalteten Mütze aus Zeitungspapier auf dem Kopf.

»Die sind nicht mehr zu retten«, entfuhr es Daniel mit Blick auf die heruntergekommenen Gebäude.

Die Rentner, die Avi und seinen deutschen Besuch neugierig erwartet hatten, schauten einander irritiert an. Eine Frau mit Baseballkappe und geblümtem Kleid – die einzige unter fünf Männern – gab sich unbeeindruckt:

»Der Abriss-Bagger war schon bestellt … «

Wozu ein Abrissbagger – ein paar gezielte Tritte täten es auch. Ohne gründliches Abschleifen und Grundieren wäre das ganze Unterfangen zwecklos, dachte Daniel, hielt sich aber angesichts des Enthusiasmus des selbsternannten Malertrupps mit weiteren Kommentaren zurück.

»Dann kam uns die Idee, die Häuser zu restaurieren, damit kommende Generationen sehen, wie es hier angefangen hat«, fuhr die Frau munter fort. Und an Daniel gewandt: »I'm Shoshana.«

»Daniel.«

»Mein Neffe aus Deutschland«, ergänzte Avi.

»Welcome!« Shoshana zog ihre Kappe zurecht und widmete sich wieder ihrer Farbrolle.

Wie ein diensteifriger Kellner baute Avi drei Farbeimer vor Daniel auf. »Braun, Grau und Ocker. Du entscheidest. *Bwakasha!*«

»Das sind ja richtige Tarnfarben!«, scherzte Daniel und entschied sich für Ocker.

Er wählte ein abseits gelegenes Haus für seinen Malereinsatz und begann mit der rückseitigen Fensterfront. Die gleichförmige Arbeit in der Hitze und die Stimme des Radiosprechers, die aus einem der Häuser herübergetragen wurde, versetzten ihn bald in einen tranceähnlichen Zustand.

Ihm fiel die Episode aus Tom Sawyer ein. Tante Polly verdonnert Tom, den Gartenzaun zu streichen. Dabei wäre er lieber zum Schwimmen gegangen oder hätte mit seinen Kameraden Bürgerkrieg gespielt. Während er sich am Zaun abmüht, kommt einer nach dem anderen des Weges und spricht ihm höhnisch sein Mitleid aus, bis Tom ein zündender Gedanke kommt: Er verkauft das Anstreichen als Privileg und siehe da, alle flehen ihn an, wenigstens für einige Minuten den Zaun streichen zu dürfen. Mit großzügiger Miene kommt Tom ihrem Wunsch nach und freut sich an den Spielsachen, die er als Gegenleistung von seinen Freunden einkassiert.

Daniel hatte Tom Sawyers Abenteuer im Internat am Plöner See gelesen und wurde dafür ausgiebig gehänselt. Tom Sawyer war etwas für Grundschulkinder, nichts für einen Zwölfjährigen! Er machte sich nichts daraus. Sollten die Zimmergenossen segeln oder sich zum Eis essen verabreden, er verkroch sich jeden Nachmittag mit seiner Lektüre in eine einsame Badebucht, wo der Waise vom Mississippi, trotz seines Schicksals gewitzt und voller Energie, zu seinem besten Freund wurde.

Wieder und wieder tauchte Daniel die dicke Farbrolle in den Eimer, drückte sie am Abtropfgitter aus und genoss das schmatzende Geräusch auf dem unersättlichen Holz. Wie lange dürstete es wohl schon nach Farbe und Zuwendung? »Jetzt bin ich ja da«, hörte er sich murmeln. Schweiß tropfte ihm von der Stirn. Diese Arbeit war ein Geschenk! Nur er konnte und wollte sie machen. Er hatte Geld gezahlt und war in dieses Land gekommen, allein um diese Hütte aus den ersten Jahren des Kibbutz, die auch die ersten Jahre seines Vaters waren, vor dem Verfall zu retten. Dass sie sich den Häusern ohne weitere Vorarbeiten widmeten, war Daniel längst egal – oder hatte sich etwa Tom mit lästigem Schleifen und Grundieren aufgehalten?

Während er strich, schweiften seine Gedanken zu seinem Vater. Wie er einsam in seinem Bettchen lag und nach den Eltern weinte. Wie er von den anderen Kindern, die tapferer oder abgestumpfter waren, ausgelacht wurde und wie sich Uri, der noch lange nicht *Abba*, sondern ein kleiner Junge war, nachts an der Kinderschwester vorbei stahl und auf seinen kurzen Beinchen zu seinen Eltern lief.

»Zeit fürs Mittagessen! Lass uns zum *Chadar Ochel gehen*«, rief ihm Shoshana zu. »Die schließen gleich.«

Essen! Daniel bemerkte erst jetzt das Loch in seinem Magen.

»Ich komme mit! Wo ist Avi?«

»Schon vorgegangen. Was ist mit dir, Chaim?«

Chaim schloss umständlich seinen Farbeimer und gesellte sich zu ihnen. Sein graues Haar war von dunklen Strähnen durchsetzt und zu einer Art Prinz-Eisenherzfrisur geschnitten, unter dem Pony schauten seine Augen wie braune Knöpfe in die Welt. Daniel erinnerte sich mit Unbehagen an ihre Begegnung im Schwimmbad vor ein paar Tagen. Der Ältere hatte ihn lange gemustert und war dann mit einem für seine Jahre gewagten Kopfsprung im Blau des Pools verschwunden.

Im Souterrain des *Chadar Ochel* wuschen sie sich die Hände und betraten den Speiseraum, wo sie aus den Wärmebehältern Reste von Reis, Schnitzel und Gemüse zusammenkratzten und untereinander aufteilten.

Shoshana

Nach dem Essen verschwanden Avi und zu Daniels Erleichterung auch Chaim nach Hause, nur Shoshana ging mit ihm zu den Hütten zurück.

»Lust auf Kaffee?«

»Gerne!«

Shoshana holte eine Metallkanne, Kaffeepulver und Zucker aus einer Kiste.

»Warum streichen wir die Häuser eigentlich in Tarnfarben?«

»Ist wohl Gewohnheit. Damals mussten sich jüdische Siedlungen in der Landschaft verstecken und die war nun mal braun und ocker. Irgendwie sind wir von den Farben nicht mehr losgekommen«, sinnierte sie.

»Bist du im Kibbutz geboren?«

»Nein, ich bin als Mädchen aus dem Irak eingewandert.« Shoshana goss Wasser in eine langstielige Metallkanne und drehte den Gaskocher auf.

Daniels Neugier war geweckt. »Aus dem Irak?«

»Juden lebten seit biblischen Zeiten dort, meistens friedlich. Wir waren jüdische Araber.«

»Und als Israel gegründet wurde, musstet ihr gehen?«

»Nicht direkt. Allerdings machte man uns das Leben so schwer, dass keine andere Wahl blieb. Schon vorher gab es Schikanen, dann haben die arabischen Länder den Krieg verloren und alles wurde schlimmer. Juden wurden verhaftet und getötet. Wenn sie den Irak verließen, mussten sie ihren ganzen Besitz zurücklassen.«

Mit kunstvollen Bewegungen füllte Shoshana Kaffeepulver in das mittlerweile siedende Wasser und drehte die Flamme herunter. Anders als bei Esther und Avi, die sich damit begnügten, den Kaffee mit Wasser zu übergießen, wirkte ihre Zubereitung wie eine Zeremonie.

»Deine Familie auch?«

Shoshana wirkte belustigt. »Mein Vater war Saftverkäufer in der Altstadt von Basra, meine Mutter stellte in unserer armseligen Hütte Süßigkeiten her, die wir Kinder auf dem Markt verkauften. Wir hatten nichts zum Zurücklassen.«

Sie rührte in dem dunkelbraunen Gebräu, das bald Blasen warf.

»Wann seid ihr hergekommen?«

»Anfang der 50er Jahre. Zuerst wohnten wir in einer Zeltstadt. Eines Tages tauchten Leute aus Kfar Zevulon auf und suchten junge Menschen, die im Kibbutz leben wollten.

Daniel füllte die Gläser mit Milch und Zucker. Shoshana goss den kochend heißen Kaffee auf.

»Und du wolltest?«

»Und ob! Ich war dreizehn und hatte nie eine Schule von innen gesehen. Im Kibbutz lernte ich Rechnen und Schreiben, nach der Armee ließen sie mich sogar studieren.«

Sie stießen auf den frisch gebrühten Kaffee an, der Daniel noch immer gewöhnungsbedürftig war, ihm aber neue Energie gab.

Danach widmeten sie sich wieder ihrer Arbeit. Der Vormittagsanstrich war getrocknet und das Holz nicht mehr ganz so durstig. Dennoch schimmerte das alte Braungrau unübersehbar durch das Ocker hindurch. Er stellte sich vor, es wäre sein eigenes kleines Haus oder ein Ferienhaus, in dem er mit Jan oder Annette – beiden? – den Urlaub verbrachte.

Chaim

Am nächsten Morgen streifte sich Daniel bereits in der Dämmerung die Malerkluft über und machte sich auf den Weg zu den Holzhäusern. Als er sie von der Anhöhe aus zwischen den Kiefern erspähte, glaubte er zu spüren, wie sehr sie ihn erwarteten. Zu seiner Überraschung war Chaim bereits auf dem Gelände und begrüßte ihn freudig.

»*Boker tov*, guten Morgen Daniel!«

»*Boker tov*«, erwiderte er versteinert. Was wollte der Typ von ihm? Chaim sagte etwas auf Hebräisch.

»Sorry, ich verstehe nichts, lieber auf Englisch.«

»Forgotten everything?«

»Was habe ich vergessen?«

»*Nu*, als kleiner Knirps hast du *Ivrit* gesprochen wie die anderen Kinder. Na ja, ist schon etwas her.«

Daniel mochte Chaims forsche Art nicht, versuchte aber ruhig zu bleiben.

»Wieso soll ich *Ivrit* gesprochen haben?«

Chaim wirkte belustigt. »Mit deinen Großeltern hast du sicher Deutsch geredet, aber in der Kindergruppe ...« Chaim zögerte. »Weißt du das gar nicht?«

»Was für eine Kindergruppe? Ich war mit meinen Eltern nur ein paar Wochen zu Besuch im Kibbutz.« Daniel spürte, wie er sich selbst beschwor: Nur ein Besuch, das war alles. »Vielleicht verwechselst du mich.«

»Nein, du bist Uris Sohn. Ich sehe dich noch vor mir. Ein nachdenklicher Junge.«

Daniels Ohren begannen zu rauschen, sein Herz klopfte im Takt immer wieder die Worte »nur ein Besuch«. Dreimal kurz, einmal lang. Bumm, bumm, bumm buuum. Beethovens Neunte kam ihm ins Gedächtnis. Vor seiner Heavy-Metal-Phase hatte er sich für klassische Sinfonien begeistert. »Uri wollte dich nicht ins Kinderhaus geben«, hatte Esther gesagt. Und dann unvermittelt geschwiegen.

»Ich hab was vergessen«, stieß er aus und ließ Chaim stehen. Bei Esther und Avi angekommen, schloss er sich im Gästezimmer ein und warf sich aufs Bett. Irgendwann musste er eingeschlafen sein, denn die Mittagssonne strahlte schon durchs Fenster, als ihn ein Klopfen weckte. Widerwillig öffnete er die Tür.

»Bist du krank, Daniel?«, erkundigte sich Esther mit besorgter Miene.

Daniel kochte vor Wut. »Nein, ich habe bloß

keine Lust mehr, diese Buden anzustreichen!«
Er lief in dem kleinen Zimmer auf und ab wie
ein gefangenes Tier und mied den Blick seiner
Tante.

»*Lamah lo*? Gestern hat es dir Spaß gemacht.«

»Es bringt nichts. Die Farbe deckt nicht ohne
Anschleifen.«

»Einfach sag es den anderen. Sie haben nicht
Ahnung vom Streichen. Dein Onkel hat sich
sein Leben lang mit Fischteichen beschäftigt,
Shoshana war Lehrerin. Sie wollen sich nutzvoll
machen und ...«

Das schlechte Deutsch seiner Tante ging Daniel auf die Nerven. Er konnte nicht länger an
sich halten. »Wieso kennt mich dieser Chaim,
warum meint er, ich müsste *Ivrit* sprechen?«

Esther zuckte zusammen, fing sich aber sofort.
Sie schluckte. »Setz dich. Es ist wahr, Chaim
kennt dich von früher. Deine Eltern hatten ent-
schieden, dass du eine Weile bei Simcha und Zipora im Kibbutz bleibst. Ich glaube, deine Mutter
brauchte etwas Zeit für sich.«

Esthers Worte trafen Daniel wie Nadelstiche.
Er war Rita im Weg gewesen. Bestenfalls war sie
eine Freundin, die zum Spielen kam und ging,
wie sie Lust hatte. Windeln waschen, Pflaster
kleben und ein Kleinkind trösten waren nicht
ihr Ding.

»Uri hat durchgesetzt, dass du nur tagsüber im

Kinderhaus bist. Damit du bei den Großeltern schlafen konntest, haben sie sich ausgedacht eine Krankheit. Ich glaube, Asthma.«

Daniels Bauch rumorte.

»Chaim war *Metapel*, Kinderpfleger. Er hat sich sehr um dich gekümmert und ein bisschen versucht, ein Vater zu sein für dich.«

»Wie lange war ich im Kibbutz?«

Esther schluckte und rang sich durch. »Ungefähr zwei Jahre.«

»Ich fahre weg«, verkündete Daniel am selben Abend.

Avi schaute von seinem Laptop auf. »Wohin?«

»Richtung See Genezareth, danach vielleicht nach Jerusalem, mal sehen.«

Esther war überrascht angesichts seiner plötzlichen Aktivität. »Wann geht es los?«

»Morgen früh. Es tut mir leid, dass ich euch Stress mache. Wenn ich von der Tour zurück bin, fliege ich nach Hause.«

»*Ma pitom*, Unsinn! Bleib, solange du möchtest, schau dir das Land an, wo Milch und Honig fließen«, sagte seine Tante augenzwinkernd. »Ich frage, ob du ein Auto aus unserem Carpool leihen kannst, o.k.?«

Daniel war berührt. Sie waren ihm nicht böse, obwohl er sich ziemlich unmöglich benommen hatte.

»Danke, aber ich fahre lieber mit dem Bus.«

Tiberias und das lauernde Tier

Über dem Busbahnhof lag penetranter Abfallgeruch. Der Müll roch anders als in Deutschland – intensiver, fauliger. Ob es an den hohen Temperaturen lag? Daniel versuchte, durch den Mund zu atmen und gelangte zu einer Ladenzeile, von deren Werbetafeln bereits die Farbe abblätterte. Die Inhaber zogen die Rollgitter hoch, hinter denen sich ein buntes Durcheinander von Snacktüten, Getränkedosen, knallfarbigen Spielsachen und Krimskrams *Made in China* präsentierte. Er kaufte sich zwei Dosen Sprite und folgte dem Duft von Frischgebackenem, der den üblen Geruch am Busterminal verdrängte.

Auf der Theke der Bäckerei stapelten sich Sesamkringel, Fladenbrote mit Thymian, Börek, die hier *Borekas* hießen, und *Sigaras*, gefüllte Blätterteigstangen. Er nahm von jedem eines und setzte sich mit den noch warmen Köstlichkeiten an einen Brunnen. Dessen steilaufschießende Fontäne stand im seltsamen Kontrast zur Dürftigkeit des Ortes. Zwei dunkelhäutige Straßenkehrer, vermutlich äthiopische Einwanderer, fegten den Platz vor einem Gebäude, das wie ein Arbeitsamt aussah, während eine ärmlich gekleidete Alte in den Mülleimern nach Verwertbarem stocherte.

Daniel fühlte sich von Sesamkringel, *Sigara* und einer Dose Sprite angenehm gesättigt und stieß einen zufriedenen Rülpser aus, der ihm der Umgebung angemessen schien. Als er die Tüte mit dem restlichen Gebäck im Rucksack verstaut hatte, zog es ihn mit aller Macht zurück in den Kibbutz. Aber wie würde er vor Avi und Esther dastehen?

Daniel spazierte Richtung Seeufer. Er passierte in die Jahre gekommene Wohnblöcke und moderne Geschäftshäuser mit verspiegelten Glasfassaden, dazwischen Parkplätze und unkrautüberwucherte Brachflächen. Die Straßen waren von ungeduldigem Gehupe und dem Zischen haltender Busse erfüllt. Er ließ sich treiben und folgte irgendwann einem Hinweisschild zum Grab des Maimonides. *Jüdischer Universalgelehrter des Mittelalters, geboren zwischen 1135 und 1138 in Cordoba, Andalusien,* googelte er in einem kleinen Park. Hier hatte Vogelzwitschern die Oberhand über die hektischen Straßengeräusche gewonnen und er kam sich vor wie in einer Oase inmitten der lärmenden Stadt.

Ein Säulenweg führte zu einer weißen, kronenartigen Konstruktion, unter der neben Maimonides weitere Gelehrte ihre letzte Ruhe gefunden hatten. Daniel überflog die englischen Texte auf den Infotafeln halbherzig. Maimonides' Überarbeitung des rabbinischen Rechts interessierte ihn ebenso wenig wie sein Beitrag zur mittelalterlichen Philosophie. Nach ein paar Minuten hatte er genug und ging zum See hinunter.

Viele Bauten der Altstadt waren aus schwarzem Stein. Laut Reiseführer handelte es sich um Basalt, der in der Umgebung reichlich vorhanden war und seit der Antike als Baustoff verwendet wurde. Die Basaltgebäude standen im Kontrast zu den weißen Hotelanlagen an der Uferpromenade, die an mehreren Anlegestellen für Touristenschiffe und Privatboote entlangführte. Von der feuchten Hitze erschöpft, suchte sich Daniel einen schattigen Platz.

Langsam löste sich der Vormittagsdunst auf und gab den Blick auf die Golanhöhen frei. Wie ein lauerndes Tier hatten sie auf der gegenüberliegenden Seeseite Position bezogen. Mit fortschreitendem Tag wandelte das Tier chamäleongleich seine Farbe von hellem in warmes Braun und labte sich am stündlich tiefer werdenden Blau des Sees. »Das Gebirge ein Tier, was für ein Unsinn«, hörte Daniel die Mutter spotten.

Ein Blick auf die Uhr riss ihn aus seinen Gedanken – wenn er vor Einbruch der Dunkelheit in Jerusalem sein wollte, musste er aufbrechen.

»To Jerusalem«, sagte er am Ticket-Schalter.

Der Mann hinter dem Plexiglasfenster fragte etwas auf Hebräisch.

»Willst du durchs Jordantal oder über Haifa fahren?«, übersetzte eine Frau, die mit ihren beiden Kindern hinter ihm in der Schlange wartete.

»Durchs Jordantal.«

Der Bus war völlig überfüllt. Daniel ergatterte einen der letzten Plätze neben einem ungefähr gleichaltrigen Mann. Seine *Kippa* und die aus dem T-Shirt hängenden *Schaufäden* wiesen ihn als orthodoxen Juden aus. Daniel war unbehaglich. Er nahm ein paar Schlucke der lauwarmen Sprite und vertiefte sich in die vorbeiziehende Landschaft, was die Kontaktaufnahme durch seinen Sitznachbarn nicht verhinderte.

»Your first time in Israel?«, fragte er.

»Yes.« Daniel hielt sich an der Getränkedose fest und guckte angestrengt in Richtung der gelb-braunen Berge im Westen – (noch ein Tier, ging es ihm durch den Kopf) – musste dazu aber an seinem Nebenmann vorbeischauen, was ihm als Interesse ausgelegt werden konnte. So wandte er sich der Seeseite zu.

»Wo fährst du hin?«

»Jerusalem.«

»Das erste Mal?«

»Ja.«

Der Orthodoxe schaute eine Weile in Daniels Richtung, zuckte die Schultern und widmete sich einem Buch, dessen Ledereinband mit goldenen hebräischen Lettern verziert war.

Hinweisschilder zogen an ihnen vorbei. Kinneret. Jardenit Baptismal Site, wo nach der Überlieferung Jesus von Johannes getauft wurde. Sie überquerten einen bräunlich-grünen Wasserlauf, der umgeben von Bäumen und einem Sträucherdickicht träge dahinfloss. Daniel hatte sich den *Jordan* anders vorgestellt. Breiter und irgendwie erhabener. Seiner Bedeutung für die Menschheit würdig.

Sie passierten Deganiya. Der erste Kibbutz, gegründet 1909. Geburtsort Moshe Dayans. Er stellte sich den kleinen Moshe mit Augenklappe vor, wie er im Kinderhaus seine ersten Schritte machte.

»Probier mal!« Der Religiöse ließ nicht locker. Daniel nahm zögernd einige Maisflips aus der dargebotenen Tüte.

»*Bamba*. Hundert Prozent *koscher*, kannst du dich drauf verlassen«, sagte er augenzwinkernd.

Er schien Humor zu haben.

»Gott sei Dank!«, parierte Daniel und war sich nicht sicher, ob er mit der beiläufigen Erwähnung Gottes die religiösen Gefühle seines Gegenübers verletzt hatte. *Bamba* schmeckte wie seine Lieblings-Erdnusslocken zuhause und heftete sich ebenso hartnäckig an Zähne und Gaumen.

Die Straße wandte sich scharf nach Süden und der See verschwand. Nachdem sie ihren Durst gestillt hatten, fraßen sich die Tiere nun an den Früchten der Felder satt, die sich beidseits des Flusses ausbreiteten.

»Die Berge da drüben gehören schon zu Jordanien«, kommentierte sein Nebenmann Daniels landschaftsschweifenden Blick.

»Sie ähneln einem Tier«, murmelte er noch ganz in seiner Fantasie versunken. Sofort bereute er, seine kindlichen Gedanken vor einem Wildfremden ausgesprochen zu haben.

Der Religiöse nickte. »Es mag uns nicht, verhält sich aber ruhig.«

»Wo fährst du hin?«

»Chemdat«, antwortete der Religiöse. »Eine Siedlung in der *Westbank*. Wir nennen es *Judäa und Samaria*. Übrigens, ich bin Noam.«

»Daniel.«

»German?«

Er nickte. »From Cologne.«

Zu Daniels Überraschung kannte Noam die Kölner Haie und war auch über die aktuellen Tabellenstände der Bundesliga bestens informiert. Noam erhob sich, um etwas aus der Gepäckablage zu holen. Während er sich reckte, betrachtete ihn Daniel genauer. Bis auf *Kippa* und *Schaufäden* sah er ganz normal aus. Er trug Jeans und ein Fan-Shirt der *Arkansas Razorbacks*, einer

Football-Mannschaft mit einem Wildschwein als Maskottchen. Ein Wildschwein auf dem Shirt eines Juden!

»Hast du Familie?«, fragte er Noam, nachdem er sich wieder hingesetzt hatte.

Der schien amüsiert. »Natürlich! Und du?«

»Ich habe einen Sohn. Er lebt nicht bei mir.«

»Warum?«

»Schwierige Geschichte. Zu lang für eine Busfahrt.«

»Vielleicht für eine Busfahrt, aber wie wäre es, wenn du mit zu mir kommst und meine Frau und die Kinder kennenlernst?«

»Ich habe ein Hotel in Jerusalem reserviert.«

»Du könntest es stornieren ...«

»Hm, ich weiß nicht.«

»Jedenfalls würde ich mich freuen. Gerade ist unser Haus fertig geworden, wir haben genügend Platz.«

Daniel schlug ein.

Bald darauf verlangsamte der Bus sein Tempo vor einer Straßensperre. Die Soldaten an dem Posten schauten kurz hinein und winkten sie durch.

»Willkommen in *Judäa und Samaria*«, scherzte Noam und ergänzte lakonisch: »Die Soldaten und die Checkpoints sind leider nötig. Die Araber wollen uns hier nicht.«

Daniel zweifelte, ob seine Entscheidung, mit in die *Westbank*-Siedlung zu kommen, richtig war.

Der Goi

Irit hatte ihr schwarzes Haar zum Dutt geknotet und lose mit einer Art Turban bedeckt. Als Daniel zur Begrüßung die Hand ausstreckte, verschränkte sie ihre Arme hinter dem Rücken.

»I'm sorry.«

»Jüdischen Frauen ist es verboten, fremden Männern die Hand zu geben«, erklärte ihm Noam, als ein ungefähr sechsjähriges Mädchen und ein kleinerer Junge aus ihren Zimmern schossen. Das Mädchen sprang behände auf den Arm seines Vaters und umklammerte ihn wie ein Kletteräffchen.

»I'm Ma'ayan and that's Dror, my brother!«

»Say Hello to Daniel«, forderte Noam die Kinder auf. »Hello Daniel«, sagten die beiden fast im Chor.

»Eure Kinder sprechen Englisch?«

»Wir haben eine Weile in Arkansas gelebt.«

Jetzt verstand Daniel das Shirt mit den *Arkansas Razorbacks* und beschloss, ihn im passenden Moment darauf anzusprechen.

Während Noam und Irit das Abendessen vorbereiteten, machte Daniel einen Rundgang durch die Siedlung. Die Familie lebte im schöneren Teil Chemdats, wo freistehende Häuser mit roten Dächern dominierten. Viele Gärten waren liebevoll mit Blumen, Rasen und Sträuchern angelegt.

Chemdat war am frühen Abend voller Kinder. Weil kaum Autos fuhren, spielten sie unbekümmert auf den Straßen. Die Mädchen trugen Kleider und Röcke, einige trotz der Hitze Strumpfhosen. Die meisten Jungen waren mit T-Shirts, Sporthosen und Sneakers bekleidet, nur wenige mit schwarzen Hosen und weißen Hemden. Sie erinnerten Daniel an die orthodoxen Kinder auf den Fotos in *Abbas* Koffer.

Er passierte Caravan-Häuser mit Wassertanks und Sonnenkollektoren, um die herum verstreut kaputte Plastikstühle, Spielzeug und Hollywoodschaukeln lagerten. Hinter einem Sportplatz bedeckten blühende Unkräuter die Hügel, von denen sich ein weiter Blick hinunter ins Jordantal bot.

Auf dem Rückweg zu Noam und Irit sah Daniel das östliche Tier sich in der roten Abendsonne aalen.

Es gab Gemüsesuppe mit Nudeln und Rindfleischstückchen, dazu Weißbrot. Der Tisch war für das einfache Essen festlich eingedeckt. Dror und Ma'ayan saßen ruhig auf ihren Stühlen, während Irit das Besteck brachte. Daniel dachte an seine Mutter, die in den letzten Jahren den Tisch ähnlich sorgfältig deckte, wenn er zu Besuch kam. Wie oft hatte er sich vorgenommen, ein Foto davon zu machen und sich endlich die Rezepte für böhmische Knödel und Buchteln mit Aprikosenfüllung geben zu lassen.

Noam hatte sein Wildschwein-Shirt gegen ein weißes Hemd getauscht und begoss seine Hände mit Wasser aus einem Messingbecher. Dabei murmelte er ein Gebet. Dann wandte er sich dem Essen zu.

»*Baruch ata adonai eloheinu, melech ha olam asher bore mine mesonot.*«

»Was bedeutet das?«

»Zuerst spricht man den Segen über Gott, der uns das Händewaschen befohlen hat«, erklärte Irit. »Danach den über das Essen: Gepriesen seist du, unser Gott, König der Welt, der du verschiedene Arten von Speisen geschaffen hast.«

Sie füllte die Teller und für einige Minuten waren alle fünf mit der Suppe beschäftigt.

»Was hat dich hierher verschlagen?«, fragte Noam schließlich.

»Mein Vater war Israeli. Als er im Winter gestorben ist, haben mich meine Verwandten in den Kibbutz eingeladen.«

»Oh, das tut mir leid! Das heißt, es ist nicht dein erstes Mal *im Land*?«

Daniel kannte den Ausdruck aus Kfar Zevulon. Israel, *das Land.*

»Ich hatte seit Ewigkeiten keinen Kontakt zu *Abba.* Meine Eltern haben sich getrennt, als ich klein war und er ist zurück nach Israel gegangen.«

»Das ist traurig«, sagte Irit mitleidig.

»Dein Vater war Jude?«

Irit bedachte ihren Mann mit einem tadelnden Augenaufschlag.

Daniel verstand nicht. *Abba* war sein Vater. Israeli. Und nicht allzu familientauglich.

»Ja.«

»Und deine Mutter?«

»Sie ist katholisch, aber Religion hat bei uns eigentlich keine Rolle gespielt«, druckste Daniel.

Irit schaute ihn entgeistert an. »Ich kann mir gar nicht vorstellen, ohne Gott zu leben, ohne die Gebete, die Segenssprüche und unsere Feste!«

»*Pessach* ist mein Lieblingsfest«, krähte Dror und stimmte fröhlich ein Lied an.

»Hm, bei uns richtet sich die Religion nach der Mutter, du bist also Nichtjude«, stellte Noam sachlich fest. Es klang, als hätte Daniel ein Problem.

»Dann bist du ein *Goi*!«, rief Ma'ayan. Dabei fischte sie winzige Möhren- und Lauchwürfel aus der Suppe und legte sie am Tellerrand ab.

Irit brachte ihre Tochter zum Schweigen. »*Dai*!«

»Ein *Goi?*«, fragte Daniel.

»Ein Nichtjude.« Noam tunkte Brot in seine Suppe. »Hast du darüber nachgedacht, zu konvertieren?«

»Nein.«

»Musst du natürlich auch nicht.« Er zwinkerte ihm zu. »Obwohl – man würde es dir leicht machen.«

»Warum?«

Irit lachte. »Du hast immerhin einen jüdischen Vater.«

Für einen kurzen Moment lockte ihn der Gedankc, dazuzugehören. Noam und seine Frau waren nette, gastfreundliche Menschen, die in einer Welt mit klaren Regeln lebten. Aber ihre Etikettierungen irritierten ihn. Jude, Nichtjude ... warum war das so wichtig?

»Seit wann wohnt ihr hier?«, fragte Daniel beim Nachtisch.

Irit kaute genussvoll an einer Melone. »Im Sommer sind es drei Jahre. Dror war gerade ein paar Monate alt. Vorher haben wir in Jerusalem gewohnt, aber es wurde mit der Zeit langweilig. Alles ist so fertig. In Chemdat hingegen ...«, sie warf einen fast zärtlichen Blick durch das Fenster auf die erleuchteten Hügelketten » ... gibt es noch so viel zu tun. Das Land braucht uns.«

Nach der Mahlzeit sprach Noam weitere

Segenssprüche. Ob er dem König der Welt dafür dankte, einen *Goi* an seinen Tisch geführt zu haben?

Es war einmal

»Jetzt ab ins Bett«, forderte Irit die Kinder nach dem Zähneputzen auf.

»*Abba*, erzähl uns ein Märchen, nur eins, bitte!«, bettelten Dror und Ma'ayan im Chor.

»Ich glaube, unser Gast kennt gute Geschichten.«

Daniel blickte Noam fragend an.

»Du hast Fantasie!«

»Da bin ich mir nicht sicher ...«

»Daniel hat auf dem Weg hierher lauernde Tiere über dem Jordantal gesehen ...«

»Bitte erzähl uns davon«, bettelte Dror.

»Ja!« Ma'ayan rutschte dicht an Daniel heran.

Er räusperte sich bemüht. »Once upon a time. Es waren einmal vor langer Zeit zwei Tiere, die sich in Berge verwandelt hatten.«

»Waren sie böse?«, vergewisserte sich Dror. In seiner Stimme klang Abenteuerlust.

»*Sheket*!«, rief ihn seine Schwester zur Ordnung.

Daniel tat, als denke er angestrengt nach. »Eigentlich haben sie sich nicht verwandelt, sie wurden verzaubert.«

Dann kamen die Worte wie von selbst. Zwei

Tiere waren verurteilt, sich gegenüberzusitzen. Je nach Tages- oder Jahreszeit änderten sie ihre Farben, um die sie sich gegenseitig beneideten. Lange Zeit trennte sie ein großer Fluss voneinander. Da beide sehr durstig waren, war er irgendwann beinahe leer getrunken und schlängelte sich als schwaches Rinnsal durch das Land, das langsam austrocknete. Einst saftige Wiesen und Weiden hatten sich in sonnenversengte Gräser und Gestrüpp verwandelt. Das lag neben dem Durst der verzauberten Tiere daran, dass der Winterregen immer öfter ausblieb. Eines Tages schleppten sich die Tiere abgemagert und ausgezehrt zum Fluss, um sich die letzten Tropfen zu sichern.

Die Kinder lauschten gebannt. Während er immer neue Einzelheiten erfand und jedes Detail ausschmückte, dachte Daniel an seinen Sohn. Wie gerne würde er jetzt Jan eine Geschichte erzählen! Wahrscheinlich würde er wibbeln und nach Süßigkeiten oder dem iPhone verlangen, das ihm Sandra oft zum Spielen überließ. Aber Daniel würde ihn beruhigen und der Kleine seinen Worten genauso gebannt lauschen wie Ma'ayan und Dror.

Daniel schluckte über den Gedanken an seinen Sohn. »Ich bin müde.«

»Wir auch«, gaben sich die beiden geschlagen und trotteten Richtung Kinderzimmer, aus dem noch ein Abendgebet zu vernehmen war.

In seinem Zimmer schaltete er die Klimaanlage aus, öffnete das Fenster und lauschte der Nacht. Draußen herrschte, abgesehen vom gelegentlichen Heulen der Schakale, Stille. Er dachte an Ben Gurions Biografie im Buchregal von Kfar Zevulon. In einer Passage schildert der spätere Ministerpräsident die Nacht vor Ankunft seines Schiffes in Palästina. Er steht an Deck und schaut in die sternenklare Nacht über dem östlichen Mittelmeer, *das Land der Juden mit der Seele suchend.*

Vor dem Einschlafen googelte Daniel, dass der kleine Moshe eines der ersten Kinder Deganiyas war und sein Auge erst 1941, als großer Moshe, im Kampf verloren hatte.

Esau und Jakob

Irit unterrichtete Biologie an einer Schule in Bet Shean, eine halbe Autostunde von Chemdat entfernt. Sie und Ma'ayan waren schon aus dem Haus, als Daniel die Küche betrat.

»Wir bringen Dror in den Kindergarten, dann zeige ich dir die Umgebung«, sagte Noam. Er war selbstständiger IT-Berater und arbeitete viel im Homeoffice. Bevor sie wenig später das Haus verließen, schulterte er beiläufig eine Maschinenpistole.

Sie fuhren zum höchsten Punkt der Siedlung, wo eine Säule in die Erde eingelassen war. Sie trug die Aufschrift *Nachal Jabbok 1979*.

»Hieß der Ort früher anders?«

»Ja, nach dem Fluss *Jabbok*. Er mündet auf der anderen Seite in den *Jordan*.

Daniel war nicht ersichtlich, warum israelische Siedler ihren Ort nach einem jordanischen Fluss benennen sollten.

»Am *Jabbok* hat Jakob mit Esau gerungen, du kennst doch die Geschichte?«

Daniel erinnerte sich dunkel an den Kommunionsunterricht, ein Zwillingspaar und irgendetwas von Linsen und Wildbret.

»Ich habe sie vergessen.«

Noam holte weit aus. »Esau und Jakob waren die Söhne von Isaak und Rebekka. Esau war ein Mann der Jagd und schweifte gerne draußen herum. Jakob blieb lieber bei den Zelten und lernte. Der Vater liebte den Erstgeborenen mehr als Jakob. Rebekka bevorzugte Jakob und half ihm, seinen Bruder um Vaters Segen zu betrügen. Jakob ist dann aus Angst vor Esaus Rache abgehauen.«

Sie erreichten den Ausgang Chemdats. Noam betätigte die Fernbedienung, worauf ein Schlagbaum in den bedeckten Morgenhimmel schnellte.

»Jakob ging nach Mesopotamien zu seinem Onkel Laban, heiratete dessen Töchter und wurde reich. Eines Tages kam er mit seinem gesamten Besitz – Viehherden, Frauen, Kindern, Knechten und Mägden – nach *Kanaan* zurück. Esau zog ihm entgegen. Klar, dass Jakob Angst vor seiner Rache hatte! Weil er ein bisschen feige war, schickte er seine Familie vor und blieb allein an der Schlucht des *Jabbok* zurück.«

Daniel lauschte gespannt.

»Im Wort *Jabbok* steckt das Verb *bak* für kämpfen. Jakob wurde in der Nacht von einem Mann überfallen, der bis zum Morgen mit ihm kämpfte und ihn leicht an der Hüfte verletzte. Der Fremde gab ihm einen neuen Namen – Israel.«

Noam machte eine Pause. »Weißt du, was Israel bedeutet?«

Daniel schüttelte den Kopf.

»*Isra-El*, er ringt mit Gott. Obwohl, so eindeutig ist das nicht: Der Name kann auch *Gott kämpft* bedeuten oder *Gotteskämpfer*.« Er geriet ins Schwärmen. »So ist das in unseren Schriften, es gibt endlos viele Deutungen!«

»Was geschah weiter?«

»Jakob und Esau begrüßten sich, tauschten Geschenke und danach ist jeder seiner Wege gezogen, denn das Land war nicht groß genug für beide. Wir fahren mal Richtung *Jabbok*, o.k? Mal schauen, ob wir den Fluss zu sehen kriegen.«

Die Straße führte durchs Jordantal Richtung Süden. Immer wieder passierten sie Straßensperren und kleinere, von Gewächshäusern und Feldern umgebene Ortschaften.

»Es leben ganz unterschiedliche Leute in *Judäa und Samaria*«, erläuterte Noam. »Religiöse Juden, andere, die in der Natur wohnen wollen oder denen die Mieten im Kernland zu hoch sind. Sie kommen aus aller Welt: Südafrika, Russland, USA, Äthiopien und Deutschland.«

»Was ist mit den Palästinensern?«

»Palästinenser gibt es nicht. Es sind Araber, genau wie die Jordanier und alle anderen. Wir lassen sie in Ruhe, wenn sie uns in Ruhe lassen«, fügte Noam gönnerhaft hinzu.

Daniel wusste, dass er sich auf unsicheres Terrain begab, konnte aber nicht an sich halten.

»Ihr habt ihnen Land genommen.«

»Die meisten Siedlungen stehen auf Gelände, das vorher keinem gehörte, zumindest nicht offiziell.«

Er nahm einen Schluck aus der Feldflasche. »Die Geschichte des jüdischen Volkes beginnt hier, nicht an der Küste. Hier hat sich Abraham niedergelassen, als er nach *Kanaan* kam. Von hier hat Josua das Land erobert, hier stand der erste Tempel. Wenn uns Chemdat, Betlehem und Hebron nicht gehören, dann auch nicht Tel Aviv und Haifa. Und auch nicht der Kibbutz deiner Verwandten!«

»Der Boden für Kfar Zevulon wurde den Palästinensern abgekauft«, gab Daniel zu bedenken. Er fühlte sich zunehmend unwohl mit Noam.

Der lachte spöttisch. »Vom Abkaufen allein wäre es kein Staat geworden, sondern ein Flickenteppich, den die Araber bei erster Gelegenheit aufgerollt und ins Meer katapultiert hätten. Außerdem: Bevor sich Jakob den Segen erschlichen hat, hatte Esau ihm bereits sein Erstgeburtsrecht verkauft. Für ein Linsengericht!«

»Wie meinst du das?«

»Wer sein Land liebt, verkauft es nicht! Schon

gar nicht wir Juden, denn Gott hat es uns versprochen, nur er darf es uns nehmen. Es ist unsere Pflicht, es zu besiedeln und zum Blühen zu bringen. Gott gibt uns die Kraft, auszuharren, weil wir die Stärke Esaus mit der Jakobs verbinden, das Kriegerische mit der *Tora*, den fünf Büchern Mose.«

Das haben alle Pioniere Israels gemacht, wenn man das Wort *Tora* durch Wissen und Bildung ersetzte, ging es Daniel durch den Kopf. Noams Monologe ermüdeten ihn. Glücklicherweise waren sie am Zielort angekommen.

Sie parkten am Rande eines Dattelpalmenhains und liefen im Schatten der Bäume in Richtung Fluss.

Daniel versuchte ein anderes Thema. »Du bist religiös. Aber gestern hast du dieses Shirt mit dem Wildschwein angehabt ...?«

Noam schmunzelte. »Das Schwein ist rot und hat lange, spitze Eckzähne, wie der Teufel. Nein, im Ernst – das Wildschwein ist das Maskottchen der Sportmannschaften der *University of Arkansas*. Ich habe da ein paar Jahre Football gespielt.«

»Aber es ist und bleibt doch ein unreines Tier für euch!« Daniel gab sich nicht geschlagen.

»Das stimmt, nur lasse ich mir nicht vorschreiben, welche Footballmannschaft ich gut zu finden habe.«

Noam wurde ihm gleich wieder sympathischer.

Nach einer Viertelstunde, zwischen den Bäumen war schon der Fluss erahnbar, hielt er plötzlich an.

»Schade, ab hier ist Sperrgebiet. Hätte ich mir denken können«, sagte er mit Blick auf die gelben Warnschilder. »Glaub mir, es ist wirklich bloß ein Steinwurf zum *Jabbok*!«

Auf dem Rückweg machten sie in einer Siedlung Halt, wo Noam bei Freunden einen Karton Babysachen ablieferte. Daniel wartete im Auto, schaltete das Radio aus und ließ die biblischen Erzählungen Revue passieren. Jakob am *Jabbok*. *Jabbok* kommt von *bak*, *bak* bedeutete kämpfen. Dann ein Buchstabendreher. Es war offensichtlich, dass die Geschichte um ein Wortspiel herum arrangiert war. Wie konnte ein intelligenter Mensch so etwas für bare Münze nehmen? Und doch: Etwas an Jakobs Ringen mit dem geheimnisvollen Fremden zog Daniel in seinen Bann. Ging es nicht auch um einen Kampf gegen eigene Dämonen?

Jerichorose II

»*Vered Jericho*. Wie kommst du gerade auf diese Pflanze?«, fragte ihn Irit verwundert. Nach ihrem Ausflug saßen sie bei Nescafé und Keksen im Garten.

Daniel hatte gezögert, einer Frau, die er gerade einen Tag kannte, seine Geschichte anzuvertrauen, aber immerhin war Irit Biologielehrerin. Vielleicht konnte sie ihm weiterhelfen.

»Mein Vater hat mir einmal einen Briefbeschwerer mit einer Jerichorose geschenkt. Er sagte, dass die Pflanzen in freier Natur niemals sterben und sich sogar vermehren können, wenn sie eingetrocknet sind.«

»Hm, soweit ich weiß, sterben sie irgendwann ab, wie jedes andere Lebewesen auch.«

»Aber sie werden wieder grün, wenn sie Wasser bekommen!« Daniel kam sich vor wie ein verzweifeltes Kind.

»Das stimmt, im Winter treiben Wind und Regen die verdorrten Pflanzen vor sich her. Dabei füllen sich die Zellen mit Wasser. Die Blätter biegen sich dann nach außen und die Samen werden aus ihren Kapseln gedrückt. Mit ein bisschen Glück finden sie eine feuchte Stelle und verwurzeln sich im Boden. Dann wächst eine neue Jerichorose.« Irit biss in einen Keks. »Dein Vater hat also auf gewisse Weise Recht. Ein bisschen ist es wie bei uns Menschen: Unsere Vorfahren wirken über ihren Tod hinaus in uns weiter und wir tragen ihr Erbe von Generation zu Generation.«

Daniel schluckte. *Abba* lebte in ihm und Jan weiter und vielleicht könnte er sein Geschenk eines Tages an Jan übergeben. Wo war die Kugel mit der Jerichorose bloß geblieben? Plötzlich war die Szene wieder da: Rita hatte im Zorn den Briefbeschwerer gegen die Wand geworfen, wie man einen verwunschenen Prinzen gegen die Wand warf. Statt in tausend Stücke zu zerschellen, war er weich auf der Wohnzimmercouch gelandet, hatte jedoch eine hässliche Delle hinterlassen. Erst Wochen später verdeckte die Mutter die Stelle mit einem Bild. Daniel hatte die Kugel mit der Jerichorose geborgen und sorgfältig in einen Schal gewickelt, aber irgendwann vergessen. Hatte er sie beim Umzug nach Köln etwa der Obhut Ritas überlassen?

»Warum heißen sie überhaupt Rosen?«, hörte er sich wie durch eine Wattewand fragen.

»Im *Tanach*, der hebräischen Bibel, werden viele Blumen Rosen genannt, auch wenn sie nicht so prächtig sind wie richtige Rosen. Vermutlich, weil Blumen in Israel immer etwas Besonderes waren, egal wie mickrig sie blühen.«

147

Der Gedanke gefiel Daniel. »Wo kann ich denn lebende Jerichorosen finden?«

»Versuch es mal im *Negev* oder in der Judäischen Wüste.«

Abends ließ er seine Eindrücke noch einmal an sich vorüberziehen. Es musste wunderbar sein, an etwas zu glauben, sich als Teil eines göttlichen Plans zu fühlen! Dabei beschränkten sich die Menschen hier nicht aufs Beten. Sie hatten eine blühende Siedlung in der Einöde erschaffen und sogar begonnen, ein kleines Wäldchen zu pflanzen.

Sie kamen aus aller Welt und waren stolz auf ihre Vielfalt. Manche trugen gehäkelte *Kippot*, andere schwarze aus Samt oder weiße aus Baumwolle. Es gab Männer mit Schläfenlocken und ohne, manche Frauen verhüllten ihr Haar, andere nicht. Letztlich war das Ganze jedoch ein Projekt für Juden, die Kraft und Legitimation aus jahrhundertelanger Verfolgung und alten Geschichten zogen. Faszinierenden Geschichten, zugegebenermaßen.

Daniel beschloss, auf Jerusalem zu verzichten und zum Kibbutz zurückzufahren.

Das Lachvirus

Am nächsten Morgen nahm Irit ihn mit nach Bet Shean. Von dort fuhr er mit dem Bus nach Haifa und dann nach Kfar Zevulon. Daniel hatte wenig geschlafen und musste eingenickt sein, denn er wurde vom Gackern, das eindeutig ein weibliches Gackern war, geweckt. Es kam aus dem hinteren Teil des Busses und wuchs sich zum unkontrollierten Lachanfall aus. Wenn für kurze Zeit Ruhe einkehrte, kündigte ein leises Glucksen schon bald den Rückfall an. Die anderen Fahrgäste schauten sich verwundert um, manche nickten verständnisvoll und widmeten sich wieder ihren Handys und Büchern. Als alle zur Tagesordnung übergegangen waren, wagte Daniel einen Blick zurück. Zwei dicke Frauen schüttelten sich vor Lachen, hielten inne und schnappten nach Luft, wonach die Heiterkeit umso ungebremster aus ihnen herausbrach.

Ein Mann mit Glatze stand kopfschüttelnd auf und sprach beschwichtigend auf sie ein. Auf dem Rückweg durch den Mittelgang wandelte sich sein Kopfschütteln in ein Lachbeben, das seinen mageren Körper komplett erfasste und bedrohlich wanken ließ. Der Fahrer versuchte eine Durchsage. Sie ging im eigenen Gelächter und dem rhythmischen Klatschen der Passagiere unter. Daniel kramte nach seiner Sprudelflasche. Kaum hatte er sie aus den Tiefen des Rucksacks geborgen, erreichte der Kreis der Belustigten die Busmitte. Die Leute lachten Tränen und redeten wild durcheinander. Das Touristenpärchen fiel in den Chor ein, ebenso ein alter Palästinenser mit gewürfeltem Kopftuch.

Niemand kannte den ursprünglichen Anlass, er tat auch nichts zur Sache. Glücklicherweise fand der Fahrer seine Fassung wieder und ließ eine Packung Kleenex durch die Reihen gehen. Daniel nahm einige kräftige Schlucke Wasser und schaute zu einem Mann, der sich auf die Schenkel schlug und dabei ein maschinen-gewehrartiges Lachen absonderte. Ein kurzer Blickkontakt und es sprang auf Daniel über wie ein hochinfektiöses Virus. Sprudelwasser schoss ihm aus der Nase. Man erkannte seine Notlage und schnell wurden die Kleenex-Tücher an ihn weitergereicht. Während er sich trocknete, bran-dete das Lachen wie ein unstillbarer Reflex er-neut in ihm auf.

Auf dem Platz hinter dem Fahrer wieherte ein Kleinkind, seine Mutter fiel mit spitzen Schreien ein und wurde schließlich von einem Husten-anfall überwältigt. Eilig brachte Daniel Mutter und Kind die Kleenex-Schachtel und erhielt zum

Dank *Bamba* aus der klebrigen Hand des Mädchens. Er war Teil einer Gemeinschaft, alle sorgten füreinander.

Ebbte die Freude ab, genügten Nichtigkeiten – eine rote Ampel oder ein Autohupen – um sie wieder anzufachen. An der Raffinerie zögerten die Arbeiter, den Bus zu betreten, fassten sich jedoch nach einigen ermutigenden Worten des Fahrers ein Herz. Sie bereuten es nicht und wurden, kaum hatten sie sich gesetzt, vom Lachvirus mitgerissen.

Blumenkinder in der Wüste

Daniel schmunzelte noch, als er die Zypressenallee nach Kfar Zevulon hinaufging. Es war wie Heimkommen. Auf dem Kibbutz-Parkplatz entdeckte er Michals *Hyundai*. Er hatte seine Cousine, seit sie ihn in Haifa am Strand abgesetzt hatte, nicht mehr gesehen.

»How was your trip?«, begrüßte sie ihn im Schlafzimmer mit einer Umarmung.

»Kurz, aber intensiv. Ich habe interessante Leute getroffen. Und die Landschaft um den See Genezareth ist einfach schön!«

Daniel musterte Michal. Sie trug ein weißes Leinenkleid, das mit seinen bunten Stickereien etwas antiquiert anmutete. Bevor er fragen konnte, was sie in Esthers und Avis Schlafzimmer machte, betrat seine Tante leicht humpelnd den Raum. Sie war mit mehreren Paar Ledersandalen, Quastenketten und anderen Accessoires bepackt.

»*Shalooom*«, rief sie begeistert und drückte ihm einen Kuss auf die Wange.

Sie freute sich über seine Rückkehr und Daniel stellte überrascht fest, dass er es nicht anders erwartet hatte. Mit gespielter Gewissenhaftigkeit arrangierte Esther die Schuhe vor Michal auf dem Boden. Den Schmuck drapierte sie zusammen mit einer mittelgroßen Kollektion geflochtener Gürtel auf der Tagesdecke des Ehebetts, wo schon eine Jeans-Schlaghose auf ihren Einsatz wartete.

Daniel war irritiert. »Was macht ihr?«

»Unsere Chefin wird 60 und wünscht sich zum Geburtstag eine Themenparty«, erklärte ihm seine Cousine gut gelaunt und probierte ein Stirnband, an dessen Enden bunte Federn baumelten. »Und in ihrem Alter, dachten wir, ist das Hippie-Motto ganz passend.«

Esther klopfte den Staub aus der Schlaghose. »Ich war auch ein Blumenkind, deshalb meinte meine Tochter, dass mein Kleiderschrank ein paar Schätze birgt.«

»*Abba* und *Imma* haben es richtig krachen lassen!«, plauderte Michal, während sie eine Lederkette mit bunten Quasten anlegte und vor dem Spiegel posierte.

»Ich versteh gerade nur Bahnhof ...«

»Stimmt, das weißt du gar nicht. Nach der Hochzeit beschlossen Avi und ich, eine Weile in die Wildnis zu gehen. Wir wollten frei sein, Gras rauchen ...«

Avi, der sich unbemerkt zu ihnen gesellt hatte, räusperte sich. »Na ja, das wilde Leben dauerte nicht lange, du wurdest ziemlich schnell schwanger, wenn ich mich recht erinnere.«

Esther ignorierte den Einwurf ihres Mannes. »Nach dem Sechstagekrieg hatten wir zum ersten Mal das Gefühl, dass Israel in Sicherheit ist. Das Land war groß geworden. Wir wollten es entdecken und gingen in den Sinai.«

»Wo habt ihr da gewohnt?«

Seine Tante lachte. »Gewohnt ist vielleicht zu viel gesagt. Wir haben in Strohhütten und Zelten gelebt, direkt am Strand.« Esther schwelgte in der Vergangenheit. »Wir nähten unsere Kleider selbst, veranstalteten kleine Konzerte und badeten im Meer. Das Meer! Es war so tiefblau! Und erst die Berge!«

»Wie habt ihr euch eigentlich versorgt?«, fragte Michal.

»Zweimal in der Woche brachte ein Truck aus Eilat Post und Essensvorräte. Wir haben nicht viel gebraucht, nur Konserven, Toilettenpapier und solche Sachen. Den Rest kauften wir bei Beduinen. In den Ferien kamen Touristen, erst Israelis, später auch Ausländer. Unsere Männer organisierten Wanderungen in die Wüste und Schnorcheltouren, wir Frauen verkauften selbstgemachten Schmuck.«

Daniel konnte sich Esther und Avi bei bestem Willen nicht als junge Wilde in der Wüste vorstellen. »Wie lange wart ihr dort?«

»Ungefähr sechs Jahre. Es war eine tolle Zeit. Wir ahnten nicht, dass schon der nächste Krieg lauerte.«

»War es nicht komisch für Hippies, sich auf besetztem Gebiet niederzulassen?« Daniel hatte sich Blumenkinder eher als sanfte, Regenbogenfahnen schwenkende Pazifisten vorgestellt.

»Nicht für uns«, antwortete Avi. »Wir sind nach Ägypten gezogen, um ein freies Leben zu führen. Wie in der Bibel.«

»In der Bibel haben wir Ägypten verlassen, um frei zu sein«, korrigierte ihn Michal und bedeutete Daniel, ihr beim Öffnen der Halskette zu helfen.

Avi ließ sich nicht unterkriegen. »Jedenfalls wollten wir Spaß haben. Mose war doch zum Pharao mit der Botschaft gegangen: »Lass mein Volk ziehen, dass es mir ein Fest halte in der Wüste!«

Alle lachten, während Daniel ungeschickt an der Öse des Kettenverschlusses fingerte.

»Sei's drum. Die Beduinen müssen uns für verrückt gehalten haben, uns freiwillig in diese Einöde zu begeben, wo außer Dattelpalmen nichts wächst!«

»Und unsere Musik fanden sie ohnehin komisch«, fügte Esther hinzu.

»Ja, die Musik! Erinnerst du dich, einmal gab es im Sommer in Nuweiba ein Festival. Shlomo Artzi sang ein Lied von Stevie Wonder auf Hebräisch. Wie hieß es noch?«

»*Sir Duke*!« Augenblicklich begann Esther zu singen und sich im Takt der Melodie zu wiegen.

Musika, se olam bifne azmo,
Music is a world within itself,
With a language we all understand
With an equal opportunity
for all to sing, dance and clap their hands.

Es war eine berührende Szene. Avi wandte sich verlegen ab, Michal nahm ihre Mutter in den Arm.

Als Esther zu Ende gesungen hatte, fuhr sie fort. »Weißt du Daniel, in Israel geht es um Sein oder Nichtsein. Pazifismus können wir uns nicht leisten. Nur *hier* kannst du mit einer *Uzi* am Gurt Hippie sein. Und du kannst *nur* mit einer *Uzi* Hippie sein.«

»Ohne die Maschinengewehre hätten wir LSD, Gras und die Blumen wegpacken können«, scherzte Avi und wurde nachdenklich. »Auch in Israel haben die 68er mit langen Haaren für freie Liebe demonstriert und einige fuhren bis nach Indien. Aber gleichzeitig haben wir um unsere Existenz gekämpft.«

»Und wir Frauen kämpften mit. Wir mussten uns nicht emanzipieren! Wir dienten in der Armee und im Kibbutz haben wir wie die Männer gearbeitet.«

»Ganz so toll war es nicht«, widersprach Michal. »Zu deiner Zeit waren die meisten Frauen beim Militär Tippsen und kochten Kaffee für die Herren Offiziere. Und was den Kibbutz betrifft – wie oft wurde Kfar Zevulon von einer Frau geleitet? Als ich Kind war, arbeiteten die Mütter in der Gemeinschaftsküche oder waren Kinderpflegerinnen. Wenn's hochkam, saß mal eine an der Kasse vom Minimarkt.«

Michal entledigte sich vor den Augen ihrer Eltern und Daniels des Leinenkleides und griff nach der Jeans.

»Für uns war der Sinai jedenfalls ein Paradies. Ich wäre für immer dageblieben, aber nach dem Friedensvertrag mit Ägypten mussten wir weg. Wir sind in den Kibbutz zurück.«

»Ein richtiger Kulturschock«, sagte Avi.

»Zu kurz«, stellte seine Tochter fest und legte die Schlaghose zur Seite. »Ich nehme das Kleid.«

Etwas drückte auf Daniels Schultern und er stellte fest, dass er vergessen hatte, seinen Rucksack abzunehmen.

Spätabends kuschelte sich Daniel in seine Decke. Nebenan lief der Fernseher, begleitet von gemurmelten Kommentaren seiner Tante und Avis leisem Schnarchen.

Er nahm sich die deutsche Ausgabe des *Tanach* und stieß auf die Geschichte der Moabiterin Ruth. Sie ist mit einem israelitischen Mann verheiratet. Nach seinem Tod möchte sie mit ihrer Schwiegermutter Naomi zurück nach Bethlehem gehen. Naomi versucht, sie davon abzubringen, aber Ruth lässt sich nicht abwimmeln.

Was für eine wunderbare Liebesgeschichte: Ohne Not, einzig aus Verbundenheit mit ihrer Schwiegermutter und ihrem verstorbenen Mann, macht Ruth sich in ein fremdes Land auf.

Wohin du gehst, dahin gehe auch ich, und wo du bleibst, da bleibe auch ich. Dein Volk ist mein Volk und dein Gott ist mein Gott.

Er wurde müde. Esther telefonierte im Wohnzimmer. Draußen unterhielt sich ein Paar. Samson sprang durchs geöffnete Fenster ins Zimmer und ließ sich schnurrend auf Daniels Füßen nieder. Daniel fühlte sich rundum behaglich. Wie gerne hätte er sich als Kind, eingebettet in die Geräusche vertrauter Menschen und der Natur, dem Reich der Träume überlassen!

Aber sein Einschlafen war still, totenstill gewesen. Die Mutter kam erst spät abends von der Arbeit oder einem Freund. Wenn sie zuhause war, sank sie nicht selten lange vor ihm erschöpft ins Bett. War sie jemals in sein Zimmer gekommen, um Gute Nacht zu sagen? Ihn zuzudecken? Ein Glas Wasser oder eine Wärmflasche zu bringen, wenn er krank war?

Das Haus Itais

Auf dem Weg zum Kibbutzmuseum stoppte Daniel an der Figurengruppe. Nach langer Zeit spürte er wieder den vertrauten Druck auf der Brust. Was würde er von Yigal – er betreute das Museum – über *Abba* erfahren? Er setzte sich unter einen Eukalyptusbaum.

»A nice place, right?«, sagte Chaim und hockte sich neben ihn auf einen der großen Steine.

Daniel hatte ihn nicht bemerkt. Ja, es war ein schöner Ort, *sein* Ort, bis Chaim auftauchte und ihn störte. Er schaute zu Boden, während sein Herz bis zum Hals schlug.

»Weißt du, warum es in Israel so viele Eukalyptusbäume gibt?«

»Weil sie Schatten spenden, vermutlich«, riet Daniel abweisend.

»Das stimmt, aber dafür hätte man auch andere Bäume nehmen können. Nein, sie wachsen schnell und ziehen Wasser aus der Erde. Früher gab es Sümpfe mit Malariamücken. Viele Pioniere wurden krank und starben. Irgendwann hatte jemand die Idee, Eukalyptusbäume aus Australien zu importieren ...«

»Ich muss los.« Daniel klopfte sich den Staub

aus der Hose und ließ Chaim verdattert zurück.

Bet Itai, Museum und Gedenkstätte für die Gefallenen der Kriege, war nach einem der Kibbutz-
gründer benannt, der gleich am ersten Tag des
Unabhängigkeitskrieges gefallen war.

»Hi, come in!« Yigal, ein glatzköpfiger Mann
von bulliger Statur erwartete ihn vor der Tür. Sie
betraten die Eingangshalle mit der Bildergalerie
und einer Zeitleiste, die, wie die hebräische
Schrift, von rechts nach links lief.

1936. Weiße Zelte auf steinigen Hügeln, dahinter hölzerne Wachtürme und Palisadenzäune.
1937. Frauen und Männer transportieren Fels-
blöcke ab und bestellen den Acker mit Pferde-
pflügen. 1942. Erste Holzhütten, Pioniere tanzen
am Lagerfeuer *Hora,* einen südosteuropäischen
Kreistanz. Sie musizieren und versinken im
Matsch des Winterregens. 1943. Ein Paar mit
glühenden Augen auf Wache. Die Zelte sind verschwunden, zwischen den Holzhütten tauchen
erste Steinhäuser auf. Sie sind den Kindern vor-
behalten.

Mit den Jahren werden die Fotos bunt, die
Röcke der Frauen bei Volkstanzabenden und
Schulabschlussfeiern kürzer, Haare und Kote-
letten der Männer, die an Fischteichen Netze
einholen, länger. 1979. Die neue Gummifabrik.

Yigals Stimme holte Daniel in die Gegenwart zurück. »Did Uri tell you about the kibbutz?«

»Ich war zu klein, als er uns verließ. Aber Esther sagt, mein Vater mochte es hier nicht besonders«, entgegnete Daniel verlegen.

»Stimmt, ich erinnere mich dunkel. Nach dem Sechstagekrieg jedenfalls hat er Kfar Zevulon verlassen und einen Job in Haifa angenommen.«

Yigal führte Daniel in einen großen Raum mit Fotos der Gefallenen des Kibbutz. Unter jedem Bild nannte eine Frauenstimme auf Knopfdruck Namen, Geburtsjahr, Geburts- und Sterbeort. In den Steinboden war eine umlaufende Inschrift eingelassen, in deren Mitte ein ewiges Licht flackerte.

»Was steht dort?«, fragte Daniel.

»Ein Spruch aus dem Buch Jesaja.« Yigal übersetzte:

»*Bei Tag wird nicht mehr die Sonne dein Licht sein, und um die Nacht zu erhellen, scheint dir nicht mehr der Mond, sondern der Herr ist dein ewiges Licht, dein Gott dein strahlender Glanz.*«

Yigal war zwei Jahre älter als *Abba*. Zusammen hatten sie in der Einheit gedient, die im Sechstagekrieg den Tempelberg einnahm.

»Du kennst sicher die Szene mit den Soldaten vor der Klagemauer. Wir waren dabei!«

Daniel fiel das Foto aus seinem Geschichtsbuch ein. Drei Soldaten schauen, Tränen in den Augen, zur Mauer auf, dem Überrest von König Salomons Tempel. Jetzt erfuhr er, dass auch sein Vater, Uri Jordan, an diesem historischen Ort gekämpft hatte.

»Leider erzählt das Bild bloß einen Teil der Geschichte.«

»Wie meinst du das?«

Yigal holte aus. »Als es aufgenommen wurde, kauerten Uri und ich wenige Meter entfernt erschöpft unter einem Baum. Ich habe mich für meine Müdigkeit geschämt und wollte ihn überreden, zu den anderen zu gehen. Moshe Dayan war mit seinen Generälen gekommen und der oberste Militärrabbiner blies zur Feier des Tages in ein Widderhorn. Alle jubelten. Aber Uri interessierte die Mauer nicht. Er wollte nur schlafen.«

»Und du, bist du gegangen?«

»Ich dachte, ich wäre es den gefallenen Kameraden und meinem Land schuldig.«

Sie wurden still. Beim Verlassen von *Bet Itai* murmelte Yigal: »Manchmal denke ich, wir sollten Bilder von all den Menschen aufhängen, die der Krieg nicht getötet, sondern anders kaputt gemacht hat.«

Und den einsamen Kindern in den Steinhäusern, die lieber mit Vater und Mutter im Zelt oder auf nacktem Boden geschlafen hätten, ergänzte Daniel für sich. Wie konnten Eltern und Kinder eine Bindung aufbauen, wenn sie so wenig Zeit miteinander verbrachten? Was würde aus seiner Beziehung zu Jan werden? Er sah seinen Sohn noch seltener als die Kibbutzeltern ihre Kinder!

Sorgfältig schloss Yigal die Tür ab.

»Danke für die Führung. Ich glaube, ich verstehe jetzt alles ein bisschen besser«, sagte Daniel zum Abschied.

»Welcome«, antwortete Yigal und verschwand in Richtung der zweigeschossigen Häuser am Rande des Kibbutz.

Auf dem Rückweg zu Avi und Esther wurde er wütend auf seine Großeltern. Mit ihnen hatte alles angefangen. Mit ihrer Idee, einen Kibbutz aufzubauen! Mit dem absurden Gedanken, dass Kinder nicht von ihren Eltern, sondern von Fachpersonal erzogen werden sollten. Simchas und Ziporas Entscheidung, in diesem von Feinden umgebenen Land zu leben, hatte Uri in den Krieg gezwungen. Darum hatte er Israel den Rücken gekehrt und sein Glück weit weg in Deutschland gesucht. Er fand es nicht und wurde zum ewigen Wanderer.

Das Schaukelpferd

Der Wohnzimmertisch war mit Kartons und Briefumschlägen bedeckt. Esther winkte Daniel zu sich. »Ich habe Fotos gefunden. Hast du Lust, sie anzuschauen?«

»Gerne!« Daniel setzte sich neben seine Tante, auf deren Schoß ein dunkelblaues Album lag. *1967-1975.*

»Das sieht nach deutscher Ordnung aus!«, scherzte er beim Anblick der Jahreszahlen auf dem Deckel und der säuberlichen Beschriftung im Inneren.

»Stimmt, deine Großeltern waren noch richtige *Jeckes.*«

»Deutsche Juden?«

»Genau.«

»Warum *Jeckes?* In Köln bedeutet *jeck* so etwas wie verrückt.«

Seine Tante lachte. »Manche sagen, das Wort kommt von Jacke – weil deutsche Juden selbst in der Hitze Israels wollten korrekt gekleidet sein und sich weigerten, ihre Jacken abzulegen. Vielleicht ist es aber auch eine Zusammensetzung der ersten Buchstaben von *Yehudi kashe Havanah* – ein Jude, der schwer von Begriff ist ...«

Zielsicher blätterte Esther durch das Album und stoppte, als unter den knisternden Trennseiten zwei Paare sichtbar wurden. Esther und Avi mit Rita und Uri. Zusammen posieren sie vor den *Bahai*-Gärten in Haifa.

Daniel hob das Blatt. Er kannte das Foto nicht. Seine Mutter hatte nahezu alle Beweise von *Abbas* Existenz vernichtet.

»Das war 1971, da haben wir geheiratet. Deine Eltern sind extra zur Hochzeit nach Israel gekommen. Es war nicht einfach, zu überreden Uri!«, erinnerte sich Esther.

Bereits auf der nächsten Seite durchfuhr Daniel ein Schreck. Diese Szene kannte er! Der kleine, dunkelhaarige Junge auf dem Schaukelpferd, mehr angetippt als gehalten von einem langen dünnen Frauenarm. Er schaut ernst, fast ängstlich in die Kamera. Die Frau zu dem Arm ist nicht zu sehen. Wie ihn Annettes Fragerei zu diesem Foto genervt hatte! In Israel war es anders: Hier stellte er die Fragen. Und hier endlich gab es Antworten.

Daniel deutete auf die hebräischen Wörter. »Was steht da?«

»*Zum Abschied haben mir Abba und Imma ein Schaukelpferd geschenkt!*«, übersetzte seine Tante.

Zum Abschied! Daniel spürte den alten Schmerz, der meistens abwesend war, aber hin und wieder unerwartet einschoss. Wie nach der Wurzel-behandlung. Sein Zahnarzt hatte ihm erklärt, vermutlich seien rund um den Nerv nicht alle Bakterien abgetötet worden und verursachten nun den Schmerz. Daniel ließ die Wurzelspitzen entfernen, worauf die Beschwerden von gleißend zu bohrend wechselten. Schließlich trennte er sich von seinem Backenzahn.

Sicher hatte sein Vater die Koffer gepackt, während die Mutter mit ihm für das Foto posierte! »Uri, ich komme gleich«, wird sie guter Dinge gerufen haben, mit der Gewissheit, bald von einer schweren Last befreit zu sein. Sie nahm die Hand von Daniels schmächtiger Schulter und wies auf den Kosmetikbeutel in der Hand ihres Mannes. »Der kommt in die Handtasche.«

Die Eltern hatten ihn in einem fremden Land bei fremden Menschen zurückgelassen. Allein mit einem blöden, kaltkantigen Holzpferd, auf dem es Hin und Her, aber kein Fortkommen gab. Hatten sie ihn zum Abschied geküsst oder sich feige davongemacht, als er schlief? Von dieser Geschichte konnte er sich nicht trennen wie von einem Backenzahn. Dieser Schmerz würde bleiben.

Daniel hörte Esther wie aus dem Off: »Deine Großmutter Zipora hat erzählt, dass du immer auf dem Pferd sitzen wolltest und wenn man dich nicht ließ, hast du gesessen und deinen Kopf gewiegt.« Seine Tante imitierte die Bewegung. Hin und Her.

Er nahm einen Schluck Cola und fasste sich. Behutsam hob er Blatt für Blatt des milchig weißen Trennpapiers. Wie ein zur Seite gezogener Vorhang offenbarte es Blicke in eine ferne Vergangenheit: Zipora hockt vor einem Wasserbottich auf dem Rasen, darin steht der nackte Daniel und hält eine Plastikente ins Bild.

»Sie haben dich sogar beschneiden lassen, damit du aussiehst wie die anderen Kinder«, kommentierte Esther.

Daniel hatte nie viele Gedanken an seine Beschneidung verloren und geglaubt, sie sei ein Zugeständnis an *Abba* gewesen.

»Ich dachte, im Kibbutz ist Religion nicht so wichtig.«

»Das stimmt, aber es ist Tradition. Wir feiern ja auch religiöse Feste und es gibt eine Synagoge für die, denen ab und an der Sinn nach einem Gottesdienst steht. Meistens passiert das nur an hohen Feiertagen«, fügte sie augenzwinkernd hinzu.

Daniel fiel der Schinken im Kühlschrank ein. »Ihr esst sogar Schweinefleisch!«

»*Nu*, seit der russischen Einwanderungswelle ist es einfach zu bekommen. Im Speisesaal würden sie aber nie Schwein servieren. Und selbst diejenigen, die es essen, lassen ihre Jungen beschneiden. Es gehört dazu.«

Es war nicht einfach gewesen, den anderen Mitgliedern zu erklären, dass Uri eine Deutsche geheiratet hatte. Daher erzählten Daniels Großeltern, dass Rita vor der Hochzeit zum Judentum übergetreten sei. Trotzdem ließ sich die Kibbutz-Versammlung nur mühsam überzeugen, dass Daniel ohne seine Eltern bleiben durfte.

»Simcha war Kibbutz-Sekretär, sonst hätten sie niemals zugestimmt.«

Die nächsten Fotos zeigten Esther und Avi auf Besuch in Kfar Zevulon und eine Geburtstagsfeier. Dann wieder Daniel. Der Winter kommt und geht. Im nächsten Sommer ist der Babyspeck gewichen, der kleine Junge streckt sich. Bitte, lass ihn nicht größer werden, nicht in diesem Fotoalbum, flehte Daniel innerlich. Was, wenn auch Esther ihn angelogen, und er nicht bloß zwei, sondern drei oder vier Jahre in Israel gelebt hatte?

Zusammen mit den Kibbutzkindern pflanzt er Bäume und verkleidet sich an *Purim* als Cowboy. Ein Seitenknistern weiter betrachtet er ein Bilderbuch.

»*Daniel entstammt eindeutig dem Volk des Buches*«, übersetzte Esther den Kommentar neben dem Foto. »Liest du immer noch so viel?«

Die Schatztruhe

Wenn, was selten vorkam, Oma Irmgard ihm in der weichen Sofaecke aus dem Märchenbuch der Brüder Grimm vorlas, hatte Daniel jedes Wort in sich eingesogen. Leider arbeitete sie noch und hatte wenig Zeit, so dass er meistens allein in dem rotleinenen Buch mit den Tuschezeichnungen blätterte. Er übersprang die Geschichten von Prinzen auf weißen Rössern und fand zielsicher das Bild vom überquellenden Topf mit dem *Süßen Brei,* der Mangel und Not einer ganzen Stadt ein Ende bereitete. Sein Lieblingsmärchen war jedoch *Hänsel und Gretel.* Er kannte es auswendig. Sein Zeigefinger strich über das große *E – Es war einmal ein armer Holzhacker –* und verfolgte dann jede Zeile. Er *las* langsam mit geschürzten Lippen. Als die Kinder in den tiefen, dunklen Wald geführt wurden, begann der Zeigefinger zu zittern und die Stimme zu stolpern. Bis heute überfiel Daniel in dichtem Wald eine seltsame Beklemmung, weshalb er Feldwege mit freiem Blick vorzog. Auf einer Wanderung war er deswegen mit Annette in heftigen Streit geraten. Sie wollte an der Weggabelung weiter durch den Wald gehen und Pilze sammeln, ihn aber drängte es endlich ins Helle. Wutschnaubend ließ er sie in ihrem finstergrünen Paradies stehen. Dummerweise waren sie mit ihrem *Weißen Schwan* angereist und er musste den langen Heimweg zu Fuß und mit dem Zug bewältigen.

Vor seinen Augen erschien Annettes liebes Gesicht. Daniel hatte sie von sich gestoßen – wie viele Frauen vor ihr. Obwohl oder weil er sie liebte, denn mit der Liebe kam die Angst. In jeder Liebe lauerte schon das Ende.

Annette besaß eine besondere Eigenschaft: Sie trug einen reichen Fundus an Erinnerungen in sich, manchmal hatte er den Eindruck gehabt, sie greife blind in eine Truhe, um ihre Schätze ans Tageslicht zu heben. Manche fröhlich funkelnd, andere matt und düster, aber alle wertvoll und willkommen. Sie versetzte sich mühelos in Kirmesbesuche mit ihrem Vater zurück, oder den Abend, als ihr die Mutter mit Legosteinen die Funktionsweise eines Aufzugs erklärte. Annette konnte auch den Geruch neuer Schulbücher und den Geschmack von *TriTop*-Limonaden aus der Vergangenheit hervorholen. Woran sie sich nicht selbst erinnerte, hatten ihr die Eltern erzählt.

Eltern, dachte Daniel, waren so etwas wie Hüter der Erinnerung. Ohne sie ging vieles auf

ewig verloren. Rita und Uri waren nur Zaun-
gäste seiner Kindheit, die wie ein dunkles, an
manchen Stellen allenfalls spärlich beleuchtetes
Land hinter ihm lag.

»Ist alles in Ordnung mit dir?«, fragte Esther.
Daniel nickte. »Ich bin müde, lass uns die
Fotos morgen weitergucken.«
»Oder das Video.«
»Welches Video?«
»*Nu*, das mit deinem Großvater. Avi hat es ge-
funden.«

Simcha

Er legte die VHS-Cassette in den chromblitzenden Recorder ein. Ein Journalist aus Deutschland hatte anlässlich des 50-jährigen Kibbutzjubiläums ein Interview mit Simcha geführt. Nach anfänglichem, von Rauschen untermaltem Tanz schwarzweißer Balken beruhigte sich das Bild. Es erschien ein braungebrannter Anfangsiebziger mit hoher Stirn, eng beieinanderstehenden Augen und einer Glatze, die an den Seiten von Resten weißer Haare umkränzt war. In Stirn, Augen und der langen *Rotzstraße* erahnte Daniel eine zukünftige Ausgabe seiner selbst.

Simcha setzte sich auf seinem Ledersessel zurecht und wartete mit schalkhafter Artigkeit auf seinen Einsatz.

»Ich war Sohn eines Fabrikanten in Gablonz an der Neiße. Das gehörte bei meiner Geburt zur K.u.K.-Monarchie. Zuhause sprachen wir Deutsch in böhmischem und österreichischem Dialekt.«

»Warum?«, hakte der Journalist nach.

»Mein Vater war aus Gablonz, meine Mutter Wienerin. Als ich in die Schule kam, gehörte

Gablonz schon zur Tschechoslowakei und ich lernte Tschechisch.

»Was war das für eine Fabrik, die dein Vater hatte?«

»Eine Glasfabrik. Gablonzer Glas, man muss wissen, ist gewesen in aller Munde«, fuhr Simcha in einem Deutsch fort, das sich über die Jahrzehnte den österreichischen Einschlag bewahrt hatte. »Es wurde dort neben Gläsern allerlei Schmuck hergestellt und nach vielen Ländern exportiert.«

»Das hört sich nach einer wohlhabenden Familie an!«

Simcha räusperte sich umständlich. »Das kann man sagen. In der Fabrik arbeiteten 200 tschechische Bauernmädchen. Die wurden jeden Tag vor dem Nachhausegehen untersucht, ob sie nicht, Gott behüte, ein paar Glasperlen mitgenommen hatten. Mich hat das sehr gestört, ich bin mir vorgekommen wie auf einer Leiter, wo man nach oben buckelt und nach unten tritt.«

»Wie sah dein Leben aus?«

»Sehr behütet und privilegiert natürlich. Ich wurde nach Wien auf ein Jungeninternat geschickt. Man meinte wohl, dass die Schulen in der Tschechoslowakei nicht gut genug wären für einen Fabrikantensohn. Zur *Matura* haben mir meine Eltern eine Mittelmeerkreuzfahrt geschenkt.«

Und Manschettenknöpfe, ergänzte Daniel im Stillen.

»Der Plan war, dass ich mich einschreiben sollte zum Jurastudium. Aber ich ging lieber nach Palästina.« Simcha schaute schelmisch in die Kamera.

»Was sagten deine Eltern dazu?«

»*Schmonzes*! Sie hielten es für Unsinn, eine jugendliche Spinnerei, die vorübergehen würde. Vor allem mein Vater hat sich sehr schwergetan, denn er war glühender Patriot.«

»Wie?«

»*Nu*, im Ersten Weltkrieg meldete er sich freiwillig an die Front, obwohl er war schon älter und hätte nicht mehr hingemusst.«

»Du kamst 1934 ins Land und warst einer der Mitbegründer von Kfar Zevulon. Eine ganz schöne Leistung für einen Zwanzigjährigen! Wie war das für dich?«

»Ich war jung und wie alle anderen hatte ich das Gefühl, etwas Wertvolles zu tun. Wir wollten einen Staat aufbauen und haben uns nach einer Lebensform gesehnt, wo es keinen Klassenkampf gibt, wo alle dieselben Chancen haben und es von der Persönlichkeit abhängt, was man im Leben erreicht. Wir sind nicht vor Hitler aus

Europa geflohen, sondern weil wir eine neue Gesellschaft errichten wollten.«

Daniel konnte sich an Großvaters Worten, seinem eigenwilligen Satzbau und seltsamen Wort-
verwendungen nicht satthören. Er war sich nicht
sicher, ob es sich um in die Jahre gekommenes
Deutsch handelte oder an Simchas Herkunft lag.

Der Interviewer fragte weiter: »Wie war das
Verhältnis zu deinen Eltern, nachdem du nach
Palästina ausgewandert warst?«

»Zuerst sie haben sich gesträubt und dann fanden sie sich ab. Trotzdem sie nichts von Palästina
hielten, haben sie mich besucht, 1938, glaube
ich. Später wird es nicht gewesen sein, denn danach durften sie nicht mehr reisen, weil der Hitler in die Tschechoslowakei einmarschiert war.

»Sie gingen nach Europa zurück?«

»Ich drängte sie, es nicht zu tun. Es wäre einfach gewesen zu bleiben, sie hatten Ersparnisse
im Ausland und ein Automobil, aber Vater sagte,
›ich war Frontkämpfer, die Nazis werden mir
nichts tun‹.«

Simcha verstummte. Zum ersten Mal spiegelte
sich Traurigkeit auf seinem Gesicht. Er hatte
seine Familie nicht wiedergesehen. Vom Lodzer
Ghetto waren sie nach Auschwitz deportiert und
ermordet worden. Nur eine Tante hatte überlebt.

Heimaten und Kindheitsessen

»Ich habe gestern das Video von Simcha an-geschaut«, berichtete Daniel am nächsten Mor-gen. »Er stammt aus übrigens derselben Gegend wie meine Mutter.«

»Woher genau kommt sie?«, fragte Esther.

»Reichenberg. Nach dem Krieg musste sie die Tschechoslowakei verlassen. Wie alle Deut-schen.«

»War sie noch einmal dort?«

»Nein, sie war ja ein Kind, als sie vertrieben wurden. Oma ist irgendwann hingefahren. Aber sie hat eigentlich nichts erzählt, außer dass unter den Tschechen alles so verfallen war. Sind deine Eltern in die alte Heimat gefahren?«

»Simcha war in Österreich und später auch in der Tschechoslowakei.«

»Und Zipora?«

»*Imma* ist erst nach dem *Kalten Krieg* in Polen gewesen.«

»Was hat sie erzählt?«

»Ihr Geburtshaus existierte noch. Deutsch Krone war eine kleine Stadt ohne Industrie, also haben die Engländer und Amerikaner nicht Bomben geworfen. Zipora sagte, das einzige zerstörte Gebäude war die Synagoge, aber das hatte nichts mit dem Krieg zu tun.«

In Daniel regte sich ein *Es tut mir leid*, doch es schien ihm zu abgedroschen und förmlich.

Seine Tante fuhr fort: »*Imma* war überrascht, dass sie in Polen deutsche Touristen traf. Die waren auch aus der Heimat vertrieben, ein paar Jahre später als wir Juden. Sie haben auch alles verloren ... immerhin man hat die meisten am Leben gelassen.«

Esther war aufgewühlt. »Im Hotel fragten sie *Imma*, ob sie Deutsche sei, weil sie die Sprache fließend konnte. Heute kann man sich das kaum vorstellen: Juden sind Deutsche gewesen! Sie haben ihr Vaterland geliebt, bis man ihnen erklärt hat, dass es nicht ihr Vaterland ist.«

Sie überlegte kurz, durchsuchte eine überladene Wohnzimmerschublade und wurde fündig. Sie öffnete ein Kunststoffkästchen. »Hier!« Triumphierend hob seine Tante die Trophäe. »Mein Opa war Frontsoldat im 1. Weltkrieg. Das ist sein Verdienstkreuz.« Die Art, wie sie es unsanft auf den Tisch beförderte, spiegelte Stolz und Wut.

Daniel zuckte zusammen und nahm – als sich Esther beruhigt hatte – den Orden vorsichtig auf. Es war ein mit Lorbeerkranz unterlegtes, rotweißes Kreuz mit zwei Schwertern, in der Mitte stand in vergoldeten Buchstaben das Wort *Verdienst*. Daniel strich über die kühle, emaillierte Oberfläche. Es mutete seltsam an, in einem Kibbutz den Orden eines längst untergegangenen europäischen Kaiserreichs in den Händen zu halten. Seine Vorfahren hatten sich als Deutsche und Österreicher gefühlt, Kaiserschmarrn gegessen und sich sonntags an böhmischen Knödeln mit Gulasch gelabt. In einer westpreußischen Kleinstadt hatten Mütter und Hausangestellte ... was eigentlich zubereitet?

»Hat deine Mutter ein Leibgericht aus Deutsch Krone mitgebracht?«, fragte Daniel.

Die Anspannung wich aus Esthers Gesicht. »Oh ja, *Sagrei* – Kartoffelsuppe mit Mehlklößchen! Wie haben wir es geliebt! *Imma* meinte immer, ohne Schweinefleischwurst ist es nicht die richtige *Sagrei*, aber wir kannten es nicht anders und haben uns gefreut, wenn wir vom Kinderhaus kamen und sie gesagt hat, heute gehen wir nicht ins *Chadar Ochel*, heute essen wir zuhause Kartoffelsuppe.«

Es war faszinierend, wie Menschen liebgewonnene Speisen und Rezepte aus verlorenen Heimaten und Kindheiten retteten. Heimatverlust und Kindheitsverlust – im schlimmsten Fall kam beides zusammen: Kinder mussten ihre vertraute Umgebung verlassen, den Hof, wo sie Hüpfekästchen gespielt hatten, den Wald, in dem sie jeden Spätsommer Pilze sammelten oder die warme Eckbank in der Küche. Wie Rita. Als Fünf- oder Sechsjährige war sie aus Böhmen geflohen und lebte mit ihrer Familie jahrelang in einer Barackensiedlung in Enge, Armut und Schmutz. Damit nicht genug, musste sie ihren behinderten Bruder hüten und den Haushalt führen. Zum Spielen blieb kaum Zeit. Jedoch gab es Lichtblicke: An besonderen Tagen kochte ihre Mutter, Oma Irmgard, böhmische Knödel mit Gulasch. Oma Irmgard vererbte das Rezept an ihre Tochter, die das Gericht für Daniel kochte, wenn er sie besuchte.

»Daniel?«

»Sorry, ich war mit den Gedanken woanders … Das ist eine schöne Geschichte mit der *Sagrei*-Suppe. Kochst du sie manchmal?«

»Leider nicht. Ich habe *Imma* Zipora nicht nach Rezept gefragt.«

»Man müsste sich die Rezepte unserer Vorfahren aufschreiben, bevor sie uns verlassen«, sagte Daniel und beschloss, beim nächsten Besuch in Lüneburg nach der Anleitung für böhmische Knödel zu fragen. Und für Buchteln mit Aprikosenfüllung.

Esther wechselte das Thema. »Wie sind deine Planen?«

»Meine Pläne«, korrigierte er sie freundlich.

»Ich habe eine knappe Woche bis zum Rück-
flug und wollte noch in die Wüste. Meinst du,
ich könnte mir einen Wagen aus eurem Carpool
mieten?«

Zugvögel

Der Wecker klingelte morgens um fünf. Die Hitze Israels machte Daniel zum Frühaufsteher – so blieben zumindest einige Stunden mit halbwegs erträglichen Temperaturen. Er und Kater Samson, der sich mittlerweile einen festen Platz auf Daniels Kopfkissen ertrotzt hatte, schreckten gleichzeitig hoch. Schnell packte Daniel die letzten Sachen, kritzelte einen Gruß für Esther und Avi auf den Zettelblock in der Küche und machte sich auf den Weg.

Die Straßen waren kurz nach Sonnenaufgang leer und auf den Feldern verrichteten Bewässerungsanlagen ihre Arbeit. Daniel folgte einer Autobahn, die dicht an der Grenzmauer zur besetzten *Westbank* verlief. Bis vor wenigen Wochen hätte er auf dem Absatz kehrt gemacht. Mit Annette wäre er in einen unerfreulichen Streit geraten. Ihr konnte es nicht abenteuerlich genug zugehen, sie hätte gedrängt, durch den nächsten Checkpost, womöglich mit halbleerem Tank, in die palästinensischen Autonomiegebiete nach Nablus oder Tulkarm zu fahren, um im Treiben der Basare zu schwelgen und taschenweise exotische Gewürze einzukaufen.

Nachdem sie die Ränder der Küstenmetropolen gestreift hatte, führte die Autobahn – sein Großvater hätte sie *Autostraße* genannt – durch eine sanfte Hügellandschaft, die sich Richtung *Negev* fast unmerklich von Grünbraun in Gelbbraun wandelte.

»Sieht aus wie im rheinischen Tagebau«, wäre Annettes treffender Kommentar gewesen. Daniel lächelte. Plötzlich war es ganz einfach. Er hielt am nächsten Rastplatz und rief sie an.

»Daniel?!«, klang es überrascht vom anderen Ende.

»Ja, ich bin's.«

»Ist alles in Ordnung bei dir? Wo bist du?«

»Auf einer Raststätte im Süden, in der Wüste! Es gibt auch eine Tankstelle, aber ich habe noch genug Sprit.«

»Ich kann es nicht glauben.«

»Dass ich nicht tanke?«

Annette lachte: »Spaß beiseite, ich dachte, du wärst im Kibbutz bei deinen Verwandten.«

»Nicht die ganze Zeit! Ich habe mir einen Wagen gemietet und fahre Richtung Eilat.« Daniel spürte, wie sich sein Rücken straffte. »Das ist weit unten, am Roten Meer.«

»Wie geht es dir sonst?«

»Gut. Meine Tante und Onkel und auch Michal, alle sind so lieb zu mir.«

»Michal?«

»Meine Cousine.«

»Und dein Vater – warst du am Grab?«

»Ja, und ich glaube, es war wichtig. Sie haben mir noch ein paar Sachen von ihm gegeben.«

»Was für Sachen?«

»Seinen Bademantel und Manschettenknöpfe«, sagte Daniel mit größter Selbstverständlichkeit und gab sich einen Ruck. »Was treibst du so?«

»Ich habe mich einer Radgruppe angeschlossen. Fast jedes Wochenende sind wir auf Tour. Letzten Sonntag waren wir in der Eifel. Ziemlich anstrengend, die Berge rauf und runter.«

Du brauchst ein E-Bike, wollte Daniel sagen, als sich ein Mann dem Seitenfenster näherte und fragend seinen Daumen hochhielt. Das Zeichen der Tramper.

»Da ist ein Typ, der möchte, dass ich ihn mitnehme.« Daniel flüsterte. »Meinst du, das ist gefährlich?«

»Hm, ich weiß nicht recht, das musst du einschätzen. Ist er jung?«

»Um die fünfzig, sieht ganz zivilisiert aus.«

»Als Mann kannst du das machen«, entschied Annette und wünschte ihm eine gute Reise.

Daniel nickte dem Mann zu und bedeutete ihm, einzusteigen.

»Isn't hitchhiking dangerous?«, fragte er seinen Gast, nachdem der sich angeschnallt und sein spärliches Gepäck verstaut hatte.

»Trampen, gefährlich? Nicht, wenn man ein paar Basics beachtet. Gestern ist mein Auto kaputtgegangen und da dachte ich, statt einen Mietwagen zu nehmen, könnte ich eine alte Leidenschaft wiederbeleben und mir einen Lift suchen.« Jugendliche Abenteuerlust blitzte aus seinen hellblauen Augen. »Bist du nie getrampt?«

Daniel schüttelte den Kopf. »Ist in Deutschland nicht so üblich. Wo willst du überhaupt hin?«

»Zum Geburtstag meiner Schwester, sie wohnt in einem Kaff in der *Arava*. Das ist ein Tal zwischen Totem Meer und Rotem Meer ...«

»Ich weiß.«

Oded war Ornithologe und lehrte an der Universität Beer Sheva, wo er sich auf das Verhalten von Zugvögeln spezialisiert hatte, die im Frühjahr und Herbst in Israel Rast machten.

»Warum ausgerechnet Zugvögel?«

Sein Mitfahrer sinnierte eine Weile. »Was mich am meisten fasziniert ist, wie sie zwischen den Welten wechseln und sich das Beste aus jeder nehmen: Im Winter bietet ihnen die Wärme des Südens üppige Nahrung. Bei euch würden viele von ihnen verhungern. Im Sommer ist es umgekehrt, da gibt es in Europa reichlich Futter. Außerdem sind die Tage länger als in Afrika und die Mütter haben endlos Zeit, für ihre Jungen Futter zu suchen.«

»Wahnsinn, die Tiere scheuen keine Mühen! So weit zu fliegen und das zweimal im Jahr«, überlegte Daniel und schaute sich um. »Aber wo finden sie in dieser Einöde Wasser und Nahrung?«

»Im Norden gibt es Feuchtgebiete und bei Eilat Fischteiche. Es ist ein Paradies für sie.«

»Warum sparen sich die Vögel nicht einen Teil des Weges und fliegen direkt über die Alpen und das Mittelmeer?«

Oded setzte sich zurecht und machte eine längere Pause.

»Für große Vögel wie Störche und Adler ist das Meer ein Problem, sie brauchen Aufwind. Über dem Meer gibt es keinen Aufwind. Außerdem können sie über dem Wasser nicht Rast machen, wenn sie erschöpft sind.«

Das hörte sich plausibel an. Aber warum nahmen jährlich Millionen von Vögeln diese riskante Reise überhaupt auf sich? Sicherlich, im europäischen Winter würden viele verhungern. Andererseits starb vermutlich ein beträchtlicher Teil der Zugvögel auf der Reise. Als hätte er Daniels Gedanken erraten, fuhr Oded fort.

»Vogelzug ist ein gefährlicher Kampf gegen Naturgewalten. Aber er steht für Freiheit, für Grenzenlosigkeit ...«

»Ob die Vögel ihre Freiheit genießen können?«

Der Ornithologe schmunzelte. »Wo du Recht hast, hast du Recht!«

»Verstehst du auch was von den Pflanzen auf der Erde?«, fragte Daniel nach einer Pause.

»Kommt drauf an von welchen.«

»Zum Beispiel von Jerichorosen. Wo kann ich welche finden?«

Oded sah ihn erstaunt an. »Warum suchst du ausgerechnet Jerichorosen?«

»Das ist eine andere Geschichte.«

»Schonmal was vom *Makhtesh Ramon* gehört?«

»Nein.«

»Der Ramon-Krater. Dort wirst du mit Sicherheit fündig. Die Gegend ist übrigens auch ohne Jerichorosen einen Ausflug wert!«

Kurz hinter Dimona schlängelte sich die Straße in die *Arava* hinunter und durchzog sie als schnurgerade, hitzeflimmernde Teerlinie. An einer Straßenkreuzung irgendwo in der Mondlandschaft verabschiedete sich Daniel von Oded.

Er war froh, wieder allein zu sein und warf einen Blick auf die Spritanzeige. Zu Dreiviertel leer! Länger konnte er nicht warten. Außerdem knurrte sein Magen. Nach einigen Kilometern entdeckte er eine Tankstelle mit angeschlossenem *McDonald's*.

Daniel gönnte sich ein XXL-Menü und einen Fishmac. Eine Familie näherte sich dem Nachbartisch. Hektisches Stühlerücken wurde vom aufgeregten Geplapper der Kinder begleitet. Bald darauf stolperten die Älteren mit ihrem Vater zur Bestelltheke. Das Baby war in seinem Hochstühlchen damit beschäftigt, ein Taschentuch zu zerlegen, während die Mutter versuchte, ihm einen Latz umzubinden.

Daniel nutzte die Ruhe, die nur eine Ruhe vor dem Sturm sein konnte, und schlang seine Mahlzeit hinunter. Dann vertiefte er sich in den Reiseführer. Die *Arava*-Senke war, wie der Jordangraben, Teil des Afrikanischen Grabenbruchs, der die Afrikanische Erdplatte von der Arabischen trennte.

Als er aufschaute, saß die ganze Familie um den Nachbartisch vereint. Die Frau hatte den Arm um die Schultern ihres Mannes gelegt. Eines der Mädchen breitete zwischen angegessenen Burgern und Pommes-Schachteln die Garderobe seiner Barbie aus, der Junge flachste mit dem Vater.

Nach dem Essen setzte Daniel seinen Weg durch die Einöde fort, in der vereinzelte Büsche und Gräser der Trockenheit trotzten. Auf jordanischer Seite erhob sich ein hohes Gebirge gezackt in den Himmel, die israelischen Berge begnügten sich bescheiden mit der halben Höhe. Er dachte wieder an die beiden Tiere. In seiner Fantasie wurden sie vom heißen Tal und zwei parallelen Asphaltlinien diesseits und jenseits der Grenze auf Abstand gehalten.

Am frühen Nachmittag setzte der tiefblaue Golf von Aqaba der Wüste ein plötzliches Ende.

Am östlichen Hasenohr

Daniel saß auf dem Balkon in der siebten Etage des Caesar-Hotels und biss große Stücke einer Wassermelone ab, die er zusammen mit einer Karaffe Orangensaft beim Room-Service bestellt hatte. Lange hatte er mit sich gerungen, ob sein Budget ein Hotel der gehobenen Klasse erlaubte. Schließlich entschied er, sich etwas zu gönnen. Abgesehen vom Kurztrip nach Cuxhaven und ein paar Tagen in der Eifel, war er seit Ewigkeiten nicht verreist und hatte auch in Israel bislang wenig Gelegenheit zum Geldausgeben gehabt.

Er nahm einen Schluck Saft und ließ den Blick über die Landschaft schweifen. Vor ihm lagen die weißen Yachten und Boote der Marina, daneben Restaurants und eine Shoppingmeile. Auf der anderen Seite der Bucht waren die Berge in rötliches Abendlicht getaucht. An ihrem Fuß breitete sich Aqaba aus. Vor langer Zeit hatte er einen Film über Lawrence von Arabien gesehen, der die arabischen Stämme dort in eine Schlacht gegen die osmanische Herrschaft führte.

Daniel glich die Gegend mit Googlemaps ab. Kaum zwanzig Kilometer südlich des jordanischen Frachthafens lag die Grenze zu Saudi-

Arabien. Fünf Kilometer von seinem Balkon entfernt begann der Sinai, wo Esther und Avi so unbeschwert gelebt hatten. Wie ein auf dem Kopf stehendes Dreieck ragte die Halbinsel ins Rote Meer. Daniel erinnerte sich an seinen Schulatlas. Im Golf von Aqaba und Suez hatte er Hasenohren erkannt, Spanien glich einem Katzenkopf und die britische Hauptinsel war ein Männchen machender Hund.

Er leerte die Saftkaraffe und ging duschen. Anschließend rasierte er sich den Dreitagebart und bearbeitete einige herausstehende Nasenhärchen. Zurück auf dem Balkon flirrten die Lichter Eilats und Aqabas bereits um die Wette.

Ein Klingeln unterbrach seine Gedanken. Das Handy-Display zeigte eine unbekannte Nummer. Widerstrebend nahm er an.

»Ah, Daniel, nice you're answering! Ich bin Eliezer, dein Onkel«, ertönte die fremde Stimme. Und nach einer kurzen Pause: »Vielleicht sollten wir uns mal kennenlernen. Hast du Lust, mich zu besuchen?«

»Ich bin im Süden ...«

»Ich weiß, Avi hat es mir erzählt. Du könntest auf dem Rückweg in Herzliya vorbeikommen.«

Daniel zögerte. Mit Esther, Avi und Michal fühlte er sich mittlerweile vertraut. Aber jetzt noch eine neue Person treffen? »Hm, ich weiß nicht genau, wann ich zurückfahre und ob genug Zeit ist.«

Sein Onkel ließ sich nicht beirren, bedrängte ihn jedoch nicht. »Ich würde mich freuen. Denk darüber nach, meine Nummer hast du ja.«

Rita hatte Eliezer nur selten erwähnt. Immer ging es darum, dass er sich geweigert hatte, ihnen Geld zu leihen, weswegen Daniel mit seinem Namen von Kindheit an das Wort *geizig* verband.

Draußen wälzten sich lärmende Touristenscharen durch die Flanier- und Partymeile, von wo laute Musik herüberbrandete. Daniel verließ den Balkon, legte sich ins Bett und stopfte sich Ohropax in die Ohren, was zwar die Musik fernhielt, ihm aber den eigenen Herzschlag bedrohlich nahebrachte. Irgendwann war das Pochen zu Ende.

Er ist am Roten Meer. Wie eine Schnecke mit Fühlern drängt es sich lang und sehr schlank zwischen Afrika und Asien. Oded erklärt, die Wirbelsäule des Tieres sei Stabilisator und Sollbruchstelle zugleich. Was macht der Ornithologe hier? Hatte Daniel ihn nicht in der Wüste abgesetzt? »*Schmonzes.* Eine Schnecke hat keine Wirbelsäule«, entgegnet er. Oded mag ein Kenner der Lüfte sein, von kriechendem Getier hat er keine Ahnung.

Unter Wasser

Nachdem er am Frühstücksbuffet geschwelgt hatte, kaufte sich Daniel eine billige Taucher-maske mit Schnorchel und fuhr zum Coral Beach südlich der Stadt. Er sparte sich den Ein-tritt zum Strand und schwamm direkt zum Korallenriff, wo vereinzelte Schnorchler an der Wasseroberfläche trieben. Mit ruhigen Zügen fand er schnell seinen Atemrhythmus. Tief und gleichmäßig rauschte die Luft durch das Plastik-rohr in seine Lungen und zurück. Das Wasser war unglaublich klar und bereits nach wenigen Momenten tauchte unter ihm ein Schwarm gel-ber Fische auf. Bald darauf näherte sich ein eckig anmutender Fisch. Seine Musterung erinnerte Daniel entfernt an einen Jaguar. Er betrachtete die felsigen Riffe, auf denen die Korallen wie bunte Schwämme klebten. Auf manchen hatten sich seltsame Gebilde angesiedelt, deren Tenta-kel sich in der Unterwasserströmung bogen.

Daniel wähnte sich an der Oberfläche eines riesigen Aquariums. Mit jedem Zug gab die stillbunte Unterwasserlandschaft neue Bilder und Farben preis. Erst, als er dicht unter sei-nem Bauch einen schwarzen Fisch bemerkte, hob er den Kopf aus dem Wasser und paddelte so schnell er konnte in Richtung Strand. Dort fröstelte ihn. Was hätte er um Uris *German Bademantel* gegeben, der in Tareks Feriendorf für so viel Heiterkeit gesorgt hatte!

Nachmittags erkundete Daniel die Wüstenstadt. Rund um die Hotels wirkte sie wie eine Dauerkirmes mit überteuerten Geschäften und Restaurants sowie den üblichen touristischen Attraktionen: Aquaparks, Karaoke Bars, Pubs und Billard-Hallen. Jenseits davon reihten sich triste Wohnsiedlungen aneinander, wobei die Höhe der Häuser mit den Hügeln anstieg. Ruhe gab es nirgends. Er beschloss, früh am nächsten Tag zum Toten Meer aufzubrechen und unterwegs einen Abstecher in den Ramon-Krater zu machen, den ihm Oded für die Suche nach Jerichorosen empfohlen hatte.

Makhtesh Ramon

Nach zweistündiger Fahrt durch den *Negev* verließ er die Hauptstraße und folgte einer holprigen Piste ins Innere des Kraters. Schließlich parkte er den Mietwagen neben den Überresten einer Karawanserei. Sie war laut Reiseführer von den Nabatäern an der Weihrauchstraße gebaut worden, einem Handelsweg, der in der Antike Südarabien mit dem Mittelmeer verbunden hatte.

Daniel folgte der blau-weiß markierten Wanderroute und gelangte nach *En Saharonim*, einer von Tamarisken umstandenen Süßwasserquelle. Pfoten- und Hufspuren verrieten, dass der kleine Teich von tierischen Wüstenbewohnern frequentiert wurde. Ob auch der Nubische Steinbock seinen Durst hier stillte? Daniel blätterte zu dem Foto, das ihn bereits am Flughafen beeindruckt hatte, als er auf Michal und Esther wartete. Wie grazil das Tier zum Sprung ansetzte! Er selbst fühlte sich weniger grazil. Obwohl die Strecke bisher ohne Steigungen verlief, fühlte er sich nach kurzer Zeit erschöpft.

Der Weg folgte einem ausgetrockneten Flussbett, das von Felsstücken und Geröll durchsetzt war. Daniel mochte seine Schuhabdrücke im Sand und das Geräusch, wenn seine Füße Steine ins Rollen brachten. Alle hundert Meter drückte er sich dicht in den Schatten einer Felswand und fächerte sich mit dem Panamahut Luft zu. Das T-Shirt klebte ihm am Körper. Er kramte im Rucksack, förderte die Wasserflasche zutage und trank sie halb leer. Nachdem er sich vergewissert hatte, dass niemand in der Nähe war, rülpste er aus voller Kehle gegen die Felswand, die zu seinem Bedauern kein Echo zurückwarf. Daniel lachte hemmungslos in die wüste Leere. Immer wenn er glaubte, sich gefangen zu haben, wurde er von einer neuen Lachkaskade überwältigt. Er erinnerte sich an Oma Irmgards Tipp gegen Schluckauf: einen Schluck Wasser im Mund halten, dabei mehrmals tief ein und ausatmen. Es half auch gegen Lachattacken.

Als er wieder zu Atem gekommen war, suchten seine Augen die Felsen beidseits des Wadis ab. Laut Irit wuchsen Jerichorosen hauptsächlich am oberen Rand eines Flussbettes. Das Gestein wirkte stabil, aber für eine Kletterpartie zu steil. Daniel verließ die Deckung des Schattens und suchte eine flach ansteigende Stelle. Er stieg bis zur Wadi-Kante und prägte sich die Passage für seine Rückkehr ein.

Dann wandte er sich südwärts, wo die Sonne gleißend am Himmel stand. Leider war zwischen Büschen und Dornengestrüpp nichts auszumachen, was einer Jerichorose im Entferntesten ähnelte. Vielleicht sahen die Pflanzen in der Natur anders aus als im Glas eines Briefbeschwerers und er rannte einem Phantom nach. Daniel schmunzelte: Von Rennen konnte keine Rede sein, eher schleppte er sich. Nach etwa einem halben Kilometer machte er kehrt und folgte dem Flussbett in die andere Richtung.

Er war kurz davor aufzugeben, als er auf dem kargen Boden eine Pflanzengruppe entdeckte. Ihrem Aussehen nach kamen sie Jerichorosen sehr nahe. Daniel bückte sich und glich sie mit dem Bild ab, das er extra zu diesem Zweck von einer Seite in Irits Biologiebuch abfotografiert hatte. Kein Zweifel: Es waren Jerichorosen! Alle schienen noch fest verwurzelt und sicher war es nur eine Frage von Tagen, bis sie aufgeben und die Erde loslassen würden. Dennoch brachte er es nicht übers Herz, sie auszureißen.

Die Sehnsucht des Ufers
nach dem Fluss

Er suchte die Umgebung weiter ab und stieß endlich auf ein Plateau, auf dessen Boden die Jerichorosen in Dutzenden losen Knäueln herumlagen.

Daniel nahm die mitgebrachten Stoffbeutel aus dem Rucksack. Nachdem er sie alle bis zum Rand gefüllt hatte, überkam ihn ein eigentümliches Triumphgefühl. Er stellte sich auf einen Steinquader, breitete die Arme aus und begann, sie zu heben und zu senken. Leichter Wind griff in sein T-Shirt. Er war nicht Kate Winslet und hinter ihm stand weder Leonardo diCaprio noch sonst jemand. Niemand hielt ihn, niemand zeigte ihm die Wunder der Welt. Er war allein in der stillen Wüste. Daniel streckte den Rücken, legte den Kopf in den Nacken und schloss die Augen. Die Jerichorosen, die Wüste, das Land: Alles war seins. Er kicherte. Daniel, der Eroberer in Panamahut und Socken!

Der Weg hinunter ins Wadi war schwieriger als gedacht. Nach einigem Straucheln entschloss er sich, zu rutschen. Wie damals auf dem Spielplatz.

»Mama darf ich?« Daniel sucht Ermunterung, aber die Mutter schaut teilnahmslos vor sich hin. Seine kleinen Schritte schwanken im Sand, dann erklimmt er die Leiter der Rutschbahn. Oben angekommen, gilt der erste Blick der Spielplatzbank, wo Rita in ihrem grellbunten Sommerkleid etwas abseits der anderen Mütter sitzt.

»Mama, guck mal!« Sie guckt nicht. Er ruft kein zweites Mal, muss sich beeilen, bevor ihm eines der größeren Kinder in den Rücken rutscht oder die Spielplatzbank verlassen ist. Der Junge genießt den flüchtigen Luftzug auf dem Weg nach unten. Mama ist noch immer da. Fast überrascht es ihn. Aber es ist zu spät; die Geschichte hat begonnen, lange bevor seine kurzen Beine Richtung Rutsche staksen und sein Körper das glatte Holz hinuntergleitet. An dem Tag, als seine Eltern ihn auf das Schaukelpferd setzten und wegfuhren.

Daniel klopfte sich den Staub von der Hose und folgte dem vertrauten Weg durch das ausgetrocknete Flussbett. Ihm kam das Lied in den Sinn, das während der Verkleidungsaktion von Michal und Esther im Radio lief. Sie hatten es ihm übersetzt.

Ufer sehnen sich manchmal nach dem Fluss. Einmal habe ich ein Ufer gesehen, das der Fluss mit gebrochenem Herzen aus Sand und Stein zurückgelassen hat.

Das Wadi dürstete nach Wasser. Aber wenn es kam, besaß es die Kraft, alles mit sich fortzuspülen.

Er verließ den Canyon und folgte einem Pfad zum Parkplatz. Am Auto angekommen, riss er alle Türen auf, startete den Motor und stellte die Klimaanlage an. Er nahm den Panamahut ab und fächelte sich Luft zu. Daniel war erschöpft. Er schaute an sich herunter. In den letzten Jahren hatte er unübersehbar einen Bauch angesetzt. »Du bist ein bisschen pummelig«, hatte Annette gemeint und dabei zärtlich gezwinkert, denn sie fand Männer mit Bauchansatz erotisch.

Ob sie in der Fahrradgruppe jemanden kennengelernt hatte? Das wäre der natürliche Gang der Dinge. Er zuckte mit den Schultern – aus der Entfernung konnte er ohnehin nichts ändern. Als die Temperatur ein einträgliches Maß erreicht hatte, ließ er sich matt in den Autositz fallen.

Über Wasser

Das Schnellrestaurant lockte schon von Ferne mit greller Leuchtreklame und einer aufgeblasenen Riesenpuppe, die ihn zum *King of the Negev* lotste. Daniel bestellte eine Falafeltasche und eine Flasche Wasser, das er mit wenigen Schlucken hinunterstürzte.

Hungrig biss er in die Falafel. Bald gingen der feingeraspelte Salat, Kichererbsenbällchen, Tomaten und die cremige Sesamsauce in seinem Gaumen eine köstliche Verbindung ein. Unmöglich, von einer Portion satt zu werden! Als habe sie sein Begehren erkannt, winkte ihn die Frau hinter der Theke zu sich und bedeutete ihm, den Teller mitzubringen. Wie ein Schüler in der Internats-Mensa hielt Daniel ihr die halb leergegessene Falafeltasche hin, worauf sie ihm zwei weitere Bällchen, Salat, Pickles und Sauce auflud.

»Die Leute denken immer, die Wüste macht durstig, aber sie macht auch hungrig. *Be-Te'awon!*«

Am Toten Meer wählte er ein einfaches Quartier. Zwei Luxusübernachtungen in Eilat waren genug. Er stellte seinen Koffer in dem kleinen Hotelzimmer ab und ging zum Strand. Über dem Wasser lag penetranter Schwefelgeruch, der eher zur Flucht, als zum Baden einlud. Dennoch konnte Daniel dem Touristenritual nicht widerstehen, klaubte eine zerknitterte *Jerusalem Post* aus dem Papierkorb neben der Umkleide und watete entschlossen ins Wasser.

Als ihm die weißsalzige Brühe zum Bauchnabel reichte, legte er sich rücklings hinein. Beinahe von selbst hoben sich seine Beine und er schwebte schwerelos auf der Wasseroberfläche. Daniel schirmte sein Gesicht mit der Zeitung ab und las. Banküberfall in Beersheva. Vier Tote und fünf Verletzte. Im Norden hatte ein Minister einen Windpark eingeweiht und die israelische Kandidatin beim Eurovision Song Contest in Malmö war nach dem Halbfinale ausgeschieden.

Abends schrieb er Annette. »Habe im tiefstgelegenen Salzsee der Erde gebadet. Morgen geht es zurück in den Kibbutz.«

Eliezer

Tel Avivs Autobahnen waren völlig verstopft. Daniel tastete sich, ständig auf der Hut vor unerwartet ein- und ausscherenden Fahrzeugen, durch das ungeordnete Stop and Go. Jeden Moment rechnete er mit der Stoßstange des nachfolgenden Fahrzeugs auf seinem Leihwagen. Plötzlich fiel ihm Eliezers Einladung ein. In einem Anflug von Kühnheit schlängelte er sich auf den Standstreifen. Wider Erwarten setzte angesichts seiner dreisten Missachtung der Straßenverkehrsordnung kein Hupkonzert ein. Beschwingt wählte er die Nummer des Onkels.

»Ich komme dich besuchen, wenn deine Einladung noch gilt.«

»Gerne. Wo bist du?« Eliezer klang erfreut.

Daniel warf einen Blick auf das Hinweisschild zur nächsten Ausfahrt. »In der Nähe von Ramat Gan.«

»Da ist seit Wochen Großbaustelle. Ich rechne mal in zwei Stunden mit dir.«

Er wurde anstandslos wieder in die Blechkarawane aufgenommen, die sich zäh Richtung Norden wälzte.

Eliezer wohnte in Pituach, einem wohlhabenden Vorort Herzliyas. Daniel stellte das Auto in einer ruhigen Straße mit schmucken Einfamilienhäusern und Villen ab, in deren Vorgärten Rasensprenger ihren Dienst versahen und nur hörbar wurden, wenn ihr feiner Regen Bäume und Sträucher streifte.

Vor Eliezers Haus parkte ein Cabrio Oldtimer. Sein Onkel hatte es offensichtlich zu einigem Wohlstand gebracht. »Geiz macht reich«, wäre Ritas Kommentar gewesen.

Daniel schob den missgünstigen Spruch beiseite und betrachtete die Szene: Um das stahlblaue Auto herum lagen verstreut Werkzeuge, Putzlappen und Flaschen mit Reinigungsmitteln. Aus der Beifahrerseite schaute ein Bein in einer geflickten Jeans hervor.

Zaghaft näherte er sich dem blankpolierten Sportwagen. »Hello?«

Das Bein bewegte sich und langsam schälte sich der zugehörige Rumpf und schließlich eine ganze Person aus dem niedrigen Auto.

»*Shalom*! Du musst Daniel sein.«

Die Männer klopften sich wie alte Vertraute auf die Schultern. Sein Onkel hatte die gleiche hohe Stirn wie Simcha. Und wie Daniel.

»Ich hoffe, es ist o.k., dass ich kurzfristig bei dir reinschneie.«

»Kurzfristig oder kurzentschlossen?«, schmun-

zelte Eliezer. »Egal! Ich habe die Wartezeit genutzt, um die neuen Fußmatten fertigzunähen.
Sie passen wie angegossen.« Sein Deutsch war
ebenso bemerkenswert wie seine Hobbies.

»Du nähst die Fußmatten selbst?«

»Für Autos wie dieses«, Eliezer streichelte ver-
sonnen die Kühlerhaube, »gibt es wenig fertiges
Zubehör ...«

»Ich habe nicht viel Ahnung von Oldtimern« –
eigentlich hatte Daniel gar keine Ahnung – »Was
ist das für einer?«

»Auch Leute, die was davon verstehen, kennen
meinen Wagen nicht. Kaum jemand weiß, dass
Israel überhaupt mal Autos gebaut hat«, sagte
Eliezer nachsichtig. Dann sprang er mit einer
für sein Alter ungewöhnlichen Behändigkeit zur
Seite und streckte seinen Arm aus. »Darf ich vorstellen: Ein echter *Sabra Sport*, Baujahr 1962.«

Der Onkel tätschelte wieder die Kühlerhaube.
»Hier drunter sitzt ein 1,7 Liter Motor. Na ja, der
ist von Ford, die Karosserie aus England, aber
der Rest ist so israelisch wie ...«

» ... Benyamin Netanyahu?«, fragte Daniel belustigt.

»So israelisch wie eine Kaktusfrucht, eine
Sabra eben. Schau her!«

Daniel betrachtete die Firmenplakette auf der
Motorhaube, einen grünen Kaktus auf gelbem
Grund.

»Wie schnell fährt er?«

»130,140 Kilometer die Stunde. Leider gibt es in diesem Land keine Straße, auf der das möglich ist«, fügte sein Onkel bedauernd hinzu. »Wäre ich damals in Deutschland geblieben, würde ich den Wagen jedes Wochenende auf der Autobahn ausfahren ... obwohl, in Deutschland hätte ich den *Sabra* vermutlich nicht.«

»Du hast auch in Deutschland gelebt?«

»Lass uns reingehen, ich erzähl es dir beim Kaffee.«

Filmrisse

Das Haus war sparsam mit Holzmöbeln eingerichtet.

»Hast du die selbst gemacht?«, fragte Daniel, während sein Onkel Eiskaffee bereitete.

»Nur den Sekretär dort drüben und die Stühle. Stühle baue ich am liebsten.«

»Warum hast du dann so wenige?«

»Wenn es zu voll wird, verkaufe ich sie. Es gibt immer mehr Menschen« – der Onkel suchte vergeblich nach dem deutschen Ausdruck – »who prefer handcraft.«

»Leute, die lieber Selbstgebautes haben?«

»Genau, aus gutem, solidem Holz.«

Eliezer stellte zwei Gläser Eiskaffee auf den Tisch.

»Wann hast du in Deutschland gelebt?«, fragte Daniel nach den ersten eisigen Schlucken, die seinen leichten Kopfschmerz schnell vertrieben.

»Mitte der 60er Jahre. Die wirtschaftliche Lage in Israel verschlechterte sich und ich war wohl auch etwas nostalgisch und wollte eine Weile im Land meiner Vorfahren leben.

»Deiner mütterlichen Vorfahren ...«

»Ja. Es war einfach, die Eltern hatten viel

Deutsch mit uns gesprochen, obwohl das einigen im Kibbutz gar nicht passte. Und als Nachfahren deutscher Juden hatten wir Anspruch auf den deutschen Pass.

»Was hast du in Deutschland gearbeitet?«

»Ich kaufte zu einem Spottpreis die Bürstenfabrik zurück, die ein Bruder meiner Mutter vor dem Krieg im Ruhrgebiet besessen hatte. 1967, nach dem Krieg, kam Uri hinterher. Er hatte die Nase gestrichen voll von Israel.«

Diesen Teil der Geschichte kannte Daniel dank Yigal aus dem Kibbutzmuseum. Er sah *Abba* nach der Einnahme des Tempelbergs in der Nähe der Klagemauer unter einem Baum hocken. Er wollte nicht mit den anderen jubeln, sondern schlafen, und ließ sich selbst vom inbrünstigen Widderhorn-Blasen des Militärrabbiners nicht stören. Daniel stellte sich Uris Leben als Film vor. Bis vor zwei Wochen hatte er aus ein paar unzusammenhängenden Schnipseln bestanden; jetzt kamen die fehlenden Abschnitte Stück für Stück ans Tageslicht und fügten sich auf einer stattlichen Filmrolle zu einer Erzählung. Sie versetzte ihn in Vorfreude, dann Traurigkeit. Wem, außer Daniel selbst, würde Abbas Geschichte etwas bedeuten? Annette mit ihrem Faible für Vergangenes? Oder Jan, wenn er einmal größer war?

»Ich habe Uri einen Job in meiner Firma angeboten«, fuhr sein Onkel fort. »Er wollte im
Sommer in Wattenscheid sein, war aber wohl
irgendwo in Südeuropa hängengeblieben. Never
mind.« Eliezer machte eine wegwerfende Handbewegung. »Als er im Winter endlich kam, hatte
ich gerade das Handtuch geworfen. Der Bedarf
an Bürsten war nicht mehr besonders groß.
1968 kehrte ich nach Israel zurück und Uri zog
nach Lüneburg.«

»Warum ausgerechnet dorthin?«

»Ich glaube, ein Freund hatte ihm einen Job
in seiner Fabrik angeboten. Uri ist jedoch bald
mit ihm in Streit geraten. Mein Bruder hat sich
immer gerne angelegt ...«

»Er wusste, was er wollte, und was nicht«, ver-
teidigte Daniel *Abba*.

Der Film lief weiter. Dieses Mal war es nur
eine kleine Lücke gewesen, die sein Onkel über-
brücken musste; von jetzt an kannte er die Geschichte:

Abba wird Kellner im Café Pückler, wo sich
samstagnachmittags zwei Freundinnen zum
Kaffeekränzchen treffen. Er kommt weder aus
Jugoslawien noch aus Spanien, sondern direkt aus dem Krieg. *Abba* sagt *Aida-Torte* ohne
Pause zwischen dem *A* und dem *I* und ist etwas
schüchtern, aber Rita hat es ihm sofort angetan.

Er fasst sich ein Herz und lädt sie ins Kino ein. Danach spazieren sie händchenhaltend durch den Clamart-Park.

»Entschuldige! Ich wollte dich nicht verletzen mit dem, was ich über deinen Vater gesagt habe.«

»Schon gut«, erwiderte Daniel und zu seiner eigenen Überraschung war er Eliezer nicht böse.

»Wie ging es mit dir weiter?«

»In Israel stieg ich in eine Firma für Tropf-Bewässerungssysteme ein. Das war die beste Entscheidung ever.« Eliezer lehnte sich zufrieden zurück. »Es wurde, wie man sagt, mein Lebensprojekt. Bis heute arbeite ich stundenweise in der Company.«

»Wenn ich den *Negev* sehe, gibt es viel Bedarf für eure Produkte«, scherzte Daniel.

»Nicht bloß hier, wir exportieren in alle Welt. Besonders in Afrika und Asien haben sie immer mehr Dürren, die Nachfrage wird noch steigen.«

Wohin du gehst

»In Lüneburg hat *Abba* meine Mutter getroffen«, hörte Daniel sich plötzlich erzählen.

»Ich weiß, ich habe Rita ja kennengelernt.«

»Auf Esthers Hochzeit?«

»Genau. Und später, als sie nach Israel umsiedeln wollten.«

Es verschlug ihm die Sprache. »Sie wollten was?«

Eliezer holte aus: »Du warst in Kfar Zevulon bei deinen Großeltern. Uri vermisste dich und hat Rita überredet, mit ins Land zu kommen und hier eine Existenz aufzubauen.«

Daniel kam sofort die Geschichte der Moabiterin Ruth in den Sinn.

Wohin du gehst, dahin gehe auch ich, und wo du bleibst, da bleibe auch ich. Dein Volk ist mein Volk und dein Gott ist mein Gott.

Rita war bereit gewesen, alle Zelte abzubrechen und in Israel ein neues Leben anzufangen!

»Er fragte in unserer Firma nach Arbeit. Mein Kompagnon, ich und die Mitarbeiter, wir waren wie eine Familie, wir hatten ein junges Unternehmen, Start-up, würde man heute sagen, alle gaben ihr Bestes. Ehrlich gesagt, hatte ich Angst, dass Uri Schwierigkeiten macht und lehnte ab.« Der Onkel erhob sich, um frischen Eiskaffee zu holen.

»Immerhin war er dein Bruder!«, rief ihm Daniel hinterher. Hätte Eliezer seinem Vater eine Chance gegeben, wären seine Eltern zusammengeblieben und er selbst wäre heute Israeli mit Frau und Kindern. Er verwarf den Gedanken. Vermutlich wäre es ihm auch hier nicht geglückt, eine Familie zu gründen und zu halten. Aber er hätte *Abba* in den letzten Wochen im Krankenhaus begleitet, statt 3000 Kilometer entfernt einen Brief mit einer Mohnblumenmarke aus dem Altpapier zu fischen und auf diese Weise von seinem Tod zu erfahren. Vielleicht hätte sich *Abba* gar nicht zu Tode geraucht, weil Menschen da gewesen wären, die auf ihn aufpassten.

»Was denkst du?«

»Wenn du ihn eingestellt hättest ... Uri und Rita ... sie hätten eine Chance gehabt!«

»Ich glaube nicht. Dein Vater war ein unruhiger Geist, der es sich mit vielen verscherzt hat. Seine Stimmung konnte von einem Moment zum anderen umschlagen. Danach hat es ihm leidgetan oder er ist für eine Weile verschwunden. Wenn er wieder auftauchte, tat er, als sei nichts geschehen.«

»Meinst du, er war zu Rita auch so?«, fragte Daniel vorsichtig.

»Es gab Situationen, da glaubte ich, er verliert völlig die Beherrschung. Andererseits war er sehr liebevoll. Ehrlich gesagt, ich weiß nicht, wie Rita damit klargekommen ist. Jedenfalls hat es mit der zweiten Frau auch nicht geklappt.«

»Mit der Orthodoxen?«

Eliezer nickte. »Was mich betrifft – natürlich habe ich mich gefragt, ob es ein Fehler war, ihn abzuweisen, aber Uri gehörte zu den Menschen, die halten es nirgendwo lange aus. Sie fliehen nach kurzer Zeit oder bringen einen dazu, sich davon zu machen.«

Daniel dachte daran, wie er Annette auf Abstand gehalten hatte, sich zurückzog, wenn es zu schön zwischen ihnen wurde. Wie oft hatte er sie ohne Erklärung gelassen, weil er selbst keine hatte, und wie barsch hatte er sie nach dem Nordseeurlaub abserviert! Per SMS. Nur ein *Pling* und ein leuchtendes Display vor ihrem entsetzten Gesicht.

»Es ist nicht so, dass ich deine Eltern nicht unterstützt habe. Ein paarmal half ich ihnen mit kleineren Summen. Aber sie brauchten Geld, um eine Wohnung zu kaufen und das wollte ich ihnen nicht geben«, bekannte Eliezer freimütig.

»Sie gingen dann nach Deutschland zurück und brachen den Kontakt ab.«

Von der missglückten Auswanderung seiner Eltern hatte Daniel nichts gewusst, aber der Hinweis seiner Mutter auf den Geiz des Onkels musste hier seinen Ursprung haben.

»Jetzt habe ich genug geredet! Erzähl von dir! Wie war der *Negev*?«

»Ich habe nach einer Jerichorose gesucht«, kam es Daniel spontan über die Lippen, als sei dies der wahre Grund seiner Wüstentour gewesen.

»Nach einer Jerichorose?«

»*Abba* hat mir mal einen Briefbeschwerer mit einer Jerichorose darin geschenkt. Aber er ist verschwunden und ich wollte eine echte zum Anfassen.«

»Bist du fündig geworden?«

»Ich habe ein paar Beutel voll gesammelt. Möchtest du welche?«

»Warum nicht? Und nun, wie wäre es mit einer Spritztour im Oldtimer?«

Der Sabra

Daniel musterte den Wagen von allen Seiten. Mit seinen runden Vorderlampen schaute er ein wenig dumm aus der Wäsche.

»*Yallah*!« Eliezer bedeutete ihm, einzusteigen.

Die Ledersitze wirkten neu und angenehm kühl.

»Hast du die selbst bezogen?«

Sein Onkel schüttelte den Kopf und schnalzte mit der Zunge. »Alles kann ich auch nicht. Ein befreundeter Polsterer hat es mir zum 70. Geburtstag geschenkt.«

Nach blechernem Start fiel der Motor in ein sattes Tackern. Es unterschied sich von allem, was Daniel bislang an Lautäußerungen bei einem Auto gehört hatte.

Eliezer schien seine Gedanken zu lesen. »Das liebe ich an Oldtimern, dass sie jeder für sich eine eigene ... ja, eine eigene Melodie haben. Die modernen Autos sind dagegen ohne Charakter. Die hören sich alle gleich an. All the same.«

Sie nahmen ruhige Nebenstraßen durch die Küstenebene, passierten Zypressenwäldchen, Fischteiche und Felder, auf die im Abendlicht

der Regen aus den Bewässerungsanlagen nieder-
ging. Daniel genoss die Ausfahrt, nahm das An-
gebot, das Lenkrad zu übernehmen jedoch nicht
an. Sein Onkel schaltete einen Klassik-Sender
ein.

»Du lebst ganz anders als Esther und Avi ...«

»Stimmt!«

»Warum bist du nicht im Kibbutz geblieben?
Es scheint doch ein gutes Leben zu sein.«

»Natürlich hat das Leben im Kibbutz seine Vor-
teile: Man muss sich um nichts kümmern, alles
ist organisiert. Du kannst nicht arbeitslos werden, deine Kinder wachsen behütet auf, es gibt
keine Kriminalität und wenn du alt bist, wirst du
versorgt.« Während er aufzählte, klopfte Eliezers
Rechte im Takt aufs Armaturenbrett. »Aber es ist
nichts für mich!«

»Du bist lieber unabhängig und machst, was
du willst ...«

Er überlegte. »Ich glaube, dass der Kibbutz –
von den Gründerjahren abgesehen – für durch-
schnittliche Menschen passt. Versteh mich nicht
falsch! Meine Schwester ist intelligent, Avi ein
kluger Kopf ...«, er suchte vergeblich nach dem
deutschen Ausdruck, »but for my part, living in
a kibbutz, I would shrink like a primerose.«

Daniel lachte. »Du meinst, du würdest wie eine
Primel eingehen?!«

Sie fuhren Richtung Westen, der orange glühenden Sonne entgegen. Im Radio lief die *Unga-rische Rhapsodie*.

»Warst du verheiratet?«, fragte Daniel, als sie kurz nach Sonnenuntergang auf den Klippen in der Nähe einer Kreuzfahrerruine parkten. Ein leichter Wind wehte vom Meer herüber.

»Nein.«

»Ich dachte, Israel wäre so ein heiratswütiges Land!«

»Bei mir hat es sich nicht ergeben. Ich glaube, ich bin zu eigenwillig für eine Ehe. Ich war ein paar Jahre mit jemandem zusammen. Talia. Eine wunderbare Frau, sie führte im Norden ein Weingut mit Hotel. Wir haben uns nicht oft gesehen, sie war viel in Frankreich und Italien unterwegs und ich in Indien und Afrika.« Eliezer seufzte. »Es war eine schöne Zeit. Leider ist sie verstorben. Und du?«

»Ich krieg es irgendwie auch nicht hin«, druckste Daniel und betrachtete den Strand mit den vorgelagerten Felsen. Ihm kam das kurze Telefonat mit Annette in den Sinn. Sie hatte ihm eine schöne Reise gewünscht. Kein Wort, dass er sich melden soll, wenn er wieder in Köln ist.

»Du meinst, du bekommst das Klassische nicht hin. Heiraten, Zusammenziehen und Kinder?«

Daniel nickte.

»Aber wer sagt, dass du überhaupt keine Partnerschaft hinkriegst, hm?«

Als sie in das Haus den Onkels zurückkehrten, war es zu spät, um in den Kibbutz zu fahren. Daniel übernachtete im Gästezimmer unter dem Dach. Der Raum war voller Vitrinenschränke mit Modellautos aus aller Welt. Mehr registrierte er nicht, denn unter dem Baldachin des französischen Bettes und dem leisen Surren der Klimaanlage fiel er fast augenblicklich in Tiefschlaf.

Im Laufe der Nacht wandelt sich das Surren in lautes Dröhnen von Schiffsmotoren, das Uri auf seiner Passage von Haifa nach Athen begleitet. Bald darauf steht er etwas verloren am Fuß der Akropolis, abends trinkt er in einer Taverne billigen Retsina. Er sitzt im überfüllten Zugabteil nach Jugoslawien. Für einige Wochen lebt Uri auf einem Campingplatz an der Adria. Gerne wäre er eine Weile in Europas Süden geblieben, der so anders ist als der Süden, den er kennt. Unordentlicher, aber mit seinen zahllosen Halbinseln und Buchten auch geheimnisvoller. Und vor allem: friedlich. Leider ist sein Geld aufgebraucht und in Deutschland warten sein Bruder und die Arbeit in der Bürstenfabrik auf ihn. Er stellt sich an die Straße und reckt seinen Daumen. Ein Lastwagenfahrer, eine wilde Gruppe junger Leute im VW-Käfer und ein Kegelclub in einem Bully nehmen ihn mit. Er staunt über die Alpen, deren Gipfel sich in türkisblauen Seen spiegeln.

»Besuch mich mal mit deinem *Sabra* in Deutschland«, sagte Daniel am nächsten Morgen zum Abschied. »Auf unseren Autobahnen kannst du dich austoben!«

Eliezer lachte. »Danke, das hört sich verlockend an, aber die Transportkosten würden selbst den ehemaligen Boss einer Bewässerungsfirma überfordern.«

»Komm mit dem Schiff, das ist sicher billiger!«

»Ich habe eine andere Idee. Wenn du möchtest, ist der *Sabra* später deiner. Bis es so weit ist, freue ich mich über deinen Besuch«, fügte der Onkel hinzu und drückte ihm lange die Hand.

Versöhnungstag

Auf dem Küchentisch lag ein Zettel in krakeligem Deutsch: »Wir sind für zwei Tage ans Meer gefahren, Samson wird versorgt. Esther.«

Daniel freute sich über die Aussicht auf Ruhe, aber schon nach einer kurzen Pause hielt ihn nichts mehr im kühlen Haus. Er schlüpfte in seine Arbeitskleidung und machte sich auf den Weg zu den Hütten. Wahrscheinlich waren die Rentner längst mit dem Anstreichen fertig und hatten sich eine neue Aufgabe gesucht. Tatsächlich fand er die Baustelle verwaist, allerdings hielt sich der Malfortschritt in Grenzen. Plötzlich trat ausgerechnet Chaim aus einer der olivfarbenen Baracken und winkte ihm mit einer Malerrolle zu.

»Ich bin der Einzige, der die Stellung hält!«, klagte er mit gespieltem Vorwurf.

»Wo sind die anderen?« Daniel bemühte sich um eine unbeteiligte Miene.

Chaim machte eine wegwerfende Handbewegung. »Die haben Sommergrippe oder keine Lust, was weiß ich, und du hast mich ja auch im Stich gelassen.«

Daniel zuckte die Achseln und wandte sich

seiner, der ockerfarbenen Hütte zu. Auf der Veranda stand noch der Farbeimer, den er damals bei seiner Flucht nicht richtig geschlossen hatte und an dessen Rändern sich bereits Krusten bildeten. Mit Eifer rührte er die Farbe auf und begann mit der Arbeit. Er nahm sich vor, Chaim zu meiden, aber als er den Älteren im Schatten seiner Baracke allein vor einer umgedrehten Obstkiste sitzen sah, die ihm als Tisch diente, fasste er sich ein Herz und ging zu ihm.

»Mir ist die Farbe ausgegangen«, scherzte Chaim entschuldigend und legte die Zeitung beiseite.

Daniel holte tief Luft. »Letztens ... ich hatte komische Gedanken, wusste nicht, was du von mir wolltest. Und der Tag am Pool, da hast du dauernd zu mir rübergeschaut, ich dachte schon du seist ...«

»Schwul?«, fragte sein Gegenüber gelassen.

Daniel schwieg, von seiner eigenen Kühnheit erschrocken.

»Stimmt sogar. Das war aber nicht der Grund, warum ich dich beobachtet habe«, erwiderte Chaim ruhig.

»Ich weiß. Esther hat mir alles erzählt.«

»Was?«

»Dass ich als kleiner Junge im Kibbutz gelebt habe und du mein Kinderpfleger warst ...« Daniel suchte nach dem hebräischen Wort, das Esther verwendet hatte.

»Dein *Metapel*.«

»Danke! Dass du mein *Metapel* warst und mich wiedererkannt hast.« Sie schwiegen.

»Da wir das jetzt geklärt haben, magst du eine Zigarette?« Chaim hielt ihm die offene Schachtel entgegen.

»Ich rauche nicht.«

»Ich nur in besonderen Momenten!« Chaim stieß behaglich Qualm in die heiße Mailuft.

»So wird das nichts«, sagte Daniel schließlich.

»Was meinst du?«

»Damit die Farbe hält, müsste man das Ganze vorher grundieren.«

»Du hast Recht, was wir machen, ist Murks. Wird Zeit, dass hier mal wieder ein bisschen *jeckischer* Geist einzieht!«

»*Nachon!*«

»Du kannst ja doch *Ivrit*!« Chaim nahm einen tiefen Zug von der Zigarette. Sie brachen in Gelächter aus.

In einem Schuppen fanden sie zu Chaims Freude den letzten Eimer Olivgrün und machten sich jeder zu seiner Hütte auf. Daniel dachte an Tom Sawyer, den gartenzaunstreichenden Waisen vom Mississippi, der ihm in Plön zum Freund geworden war. Rita hätte das Geld für das Internat nie aufbringen können, aber kurz nach seinem elften Geburtstag lernte sie Manfred kennen, der in Lüneburgs Innenstadt ein gutgehendes Schuhgeschäft übernommen hatte. Daniels Abwesenheit war ihm einige Hunderter im Monat wert und so wechselte er mitten im Schuljahr ins Schlossinternat.

Er hatte sich gerade eingewöhnt und sogar einen Freund gefunden, als die Mutter Manfred den Laufpass gab. »Sie hat mich zum Mond geschossen, einfach zum Mond geschossen«, erklärte er Daniel am Telefon.

Manfred zeigte sich trotz Abschuss von seiner anständigen Seite und zahlte noch bis zu den Sommerferien. Zur siebten Klasse war Daniel zurück am Gymnasium in Lüneburg, wo bald die wildesten Gerüchte kursierten. Er sei vom Internat geflogen, weil er einen Lehrer bestohlen und eine Mitschülerin so lange unter Wasser gedrückt habe, bis sie blau war.

Die Sonne war hinter den Kühltürmen der Raffinerie verschwunden und an Daniels Händen zeigten sich erste Schwielen. Er schloss den Farbeimer, verabschiedete sich von Chaim und schweifte eine Weile durch die Felder und Orangenhaine von Kfar Zevulon. Zum ersten Mal seit seiner Ankunft fühlte er sich vollkommen mit sich im Reinen.

Später schlief er mit dem schnurrenden Samson auf dem Bauch vor dem Fernseher ein. Wortfetzen drangen in seine Träume. Rita erzählt *Abba* von ihrer Freundin Doris. Deren Mann ist unheilbar krank und muss bald sterben. Und die armen Kinder, schrecklich! Uri wird nachdenklich. Man weiß nie, was kommt, eine Familie sollte zusammen sein, Eltern und Kinder und am besten auch Großeltern, Vettern und Cousinen, alle. Lass uns zu Daniel nach Israel gehen und neu anfangen! Und dann nimmt er den *Tanach* und liest Rita aus dem Buch Ruth vor.

Wohin du gehst, dahin gehe auch ich, und wo du bleibst, da bleibe auch ich. Dein Volk ist mein Volk und dein Gott ist mein Gott.

Wie romantisch, haucht sie ihm ins Ohr. Es ist schön, wenn du mir vorliest. *Nachon?* Nicht wahr, sagt Uri und küsst sie sanft auf die Stirn. Alles würde gut.

Böhmische Knödel

Die Idee kam ihm, während er auf der Terrasse saß und *Kaffee Boz* trank. Der alte Leo auf dem Rentnermobil war schon durch, ebenso die Jugendlichen mit ihrem Bollerwagen und der Gärtner Abdulkader – heute ausnahmsweise ohne Schubkarre. Daniel würde Tante und Onkel mit einem Abschiedsessen überraschen! Nach kurzem Zögern rief er seine Mutter an.

»Hallo!« Rita klang überrascht. »Wie ist der Urlaub?«

»Schön.«

»Und das Wetter?«

»Nicht mehr so heiß wie in den ersten Tagen. Da herrschte *Chamsin*, ein Wüstenwind aus dem Süden.«

»Bei uns regnet es die ganze Zeit. Ich musste die Balkonstühle reinholen. Das Holz fault sonst. Aber erzähl von deiner Reise!«

»Das mache ich lieber, wenn ich zu Hause bin.«

Rita ließ sich nicht abwimmeln. »Hast du viel gesehen?«

»Ich bin ganz gut rumgekommen. Mama, ich

möchte böhmische Knödel mit Gulasch für Esther und Avi kochen. Kannst du mir das Rezept schicken?«

Die vier langen SMS, die bald darauf eintrafen, ließen in Daniel Zweifel aufkommen. Er hatte sich das Rezept weniger kompliziert vorgestellt. Die Knödel bekäme er hin, fürchtete jedoch, am Gulasch zu scheitern.

Er überlegte, die Frauen in der Gemeinschaftsküche um Rat zu fragen, aber wieso sollten die etwas von Gulasch verstehen? Er pumpte Avis klappriges Fahrrad auf und fuhr zum Supermarkt nach Qiryat Ata, wo er Ausschau nach Fleischkonserven hielt. Weit und breit keine Spur von Gulasch. Daniel fasste sich ein Herz und trat an die Bedientheke.

»I need goulash.«

»Beef or veal?«, fragte ihn die Frau hinter dem Tresen.

Mit Blick auf die Preise entschied er sich für das günstigere Rindfleisch. »Beef.«

Die übrigen Zutaten hatte er schnell beisammen. Bis auf den schwarzen Kümmel. Er war kurz davor, den Einkaufswagen unauffällig stehen zu lassen und das Kochprojekt abzublasen, da erinnerte er sich, dass Annette einmal von einer anderen Kümmelsorte gesprochen hatte. Kreuzkümmel. Er googelte das englische Wort, stieß auf *Cumin* und fand das Gewürz. Kümmel war schließlich Kümmel!

Die nächsten Stunden verbrachte Daniel in der Küche. Die vorhandenen Töpfe waren für die Fleischmenge zu klein. Ihm blieb der Gang in die Gemeinschaftsküche nicht erspart, wo eine ältere Frau in einem Kompanietopf Suppe rührte. Bereitwillig versorgte sie ihn mit einer Kasserolle und Tipps zum Zeitmanagement bei der Zubereitung großer Nahrungsmengen.

Er ging strikt nach Anweisung vor: Öl erhitzen. Das Gulasch scharf anbraten. Zwiebeln, Schalotten und Knoblauch zufügen. Dann Pfeffer, Salz und Gewürze dazu, Tomatenmark unterrühren. Rotwein und Brühe angießen. Deckel auflegen. Danach das Fleisch zwei Stunden im Ofen schmoren lassen.

Unterdessen widmete er sich den Knödeln. Würfelte bis zur Erschöpfung Weißbrot, mischte das Eigelb mit Milch und den Brotwürfeln und schlug das Eiweiß. Mit jedem Arbeitsschritt wuchs Daniels Bewunderung für seine Mutter, die regelmäßig aufwändige Mahlzeiten auf den Tisch brachte.

Hoffentlich ließen sich Tante und Onkel Zeit mit ihrer Rückkehr! Er hob das Eiweiß unter die Brot-Eier-Milchmischung, fand drei Geschirrtücher und wickelte die Knödelmasse hinein.

Dann band er die imposanten Rollen mit Paket-schnur zu, die er zufällig in einer Schublade ent-deckt hatte.

Am Ende war die Küche in heillosem Chaos versunken und Daniel beschloss, die schlimms-ten Spuren zu beseitigen. Ein langwieriges Unterfangen, da Avi und Esther keine Spül-maschine besaßen und er alle vorhandenen Ge-schirrtücher für die Knödel benutzt hatte.

»Hier riecht es lecker«, rief sein Onkel über-rascht.

»Willkommen zurück, ich hoffe, ihr habt ein bisschen Hunger!«

»Und wie! Wir waren den ganzen Tag am Strand.«

»Du hast wirklich für uns gekocht?«, fragte Es-ther ungläubig.

»Böhmische Knödel mit Gulasch nach Ritas Rezept. Ich hoffe, es schmeckt euch.«

Die beiden deckten den Tisch, während Daniel die Knödelrollen zu Wasser ließ und das Fleisch umrührte. Niemals würden sie zu dritt diese Mengen schaffen.

»Kann ich noch jemanden einladen?«

»Klar. Wen denn?«

»Chaim. Wir haben uns gestern beim An-streichen näher kennengelernt.«

Eine halbe Stunde später stand Chaim in der Küche, wo Daniel die Knödel in Scheiben schnitt und Esther Sahne in eine Schüssel gab.

Als sie alle um den Tisch saßen, küsste Esther ihren Neffen auf die Wange. »Was für eine tolle Überraschung. Ich wusste gar nicht, dass du kochen kannst!«

Daniel wurde verlegen wie ein Schuljunge. Röte stieg ihm ins Gesicht. »Das wusste ich selbst nicht.«

»*BeTe'awon!*«

»Guten Appetit!«

»Schmeckt echt fantasievoll«, lobte Chaim.

»Wie meinst du das?«

»Du verstehst es, die böhmische Küche mit orientalischen Gewürzen zu kombinieren.«

»Das stimmt, die Knödel, das Gulasch, alles ist europäisch, aber der Kreuzkümmel verleiht dem Ganzen eine israelische Note«, kommentierte Avi und lud sich einen üppigen Sahnekleks auf die braune Sauce.

Daniel grinste.

»*Lechayim*! Auf meinen Neffen und künftigen Chefkoch von Kfar Zevulon«, sagte Esther. Sie hoben ihre Gläser.

»Du kommst hoffentlich wieder her, um uns mit deinen Kochkünsten zu erfreuen, oder?«

Der achtzackige Stern

Vor der Fahrt zum Flughafen kehrte Daniel noch einmal zu den Bronzefiguren zurück. Er setzte sich an seinen Lieblingsplatz unter dem Eukalyptusbaum und betrachtete die Skulptur. Die dargestellten Menschen standen im Kreis, aber nicht, um wie auf den Schwarzweiß-Fotos der Gründungsjahre *Hora* zu tanzen. Eigentlich war die Entdeckung banal: Mit dem Rücken zueinander ließ sich nicht tanzen. Außerdem schauten sich die Figuren nicht an, sondern in die Welt hinaus und ihre Hände berührten sich nur lose. Aus der Luft betrachtet, würden die Personen mit ihren ausgestreckten Armen einen achteckigen Stern bilden.

Avi und Esther traten hinzu.

»Wer hat sich das ausgedacht?«, fragte Daniel.

Esther räusperte sich. »Avital, eine Künstlerin aus dem Kibbutz. Sie hat in den USA studiert und als sie zurückgekommen ist, wollte sie ihre Ideen hier verwirklichen.«

Avi ergänzte: »Es gab viele Debatten, ob es überhaupt aufgestellt werden soll.«

»Warum?«

»*Nu*, einige ältere Mitglieder fühlten sich verhöhnt. Angefangen beim Stern, der kein Davidstern ist, sondern ein Achterstern ...«

Avi unterbrach seine Frau: » ... wie er in der Geschichte oft im Festungsbau verwendet wurde.«

»Sieh an, der Historiker«, Esther verdrehte die Augen. »Die Leute störten sich auch an den Figuren selbst: Jede guckt woanders hin, nicht mehr wie früher, als alle ein Ziel hatten. Nach endlosen Diskussionen hat sich schließlich eine knappe Mehrheit für die Skulptur ausgesprochen – Freiheit der Kunst, *en ma la'assot* ...«

»Wir müssen los«, mahnte sein Onkel mit Blick auf die Uhr. »Es sei denn, du möchtest deinen Urlaub verlängern.«

»Ich hätte nichts dagegen.«

»Wir auch nicht«, erwiderte Esther und nahm ihn fest in den Arm.

Abschied

Mit jedem Kilometer, den sie sich dem Flughafen näherten, wuchs Daniels Abschiedsdruck. Von der Brust drang er hinauf und schnürte ihm fast die Kehle zu. Vor knapp drei Wochen hatte er seine israelische Familie nicht einmal gekannt. Auch die anderen – Yigal aus dem Museum, die Farbeimer schwingenden Senioren und der alte Leo – waren ihm so vertraut geworden wie das heimelige Haus, wo ihn Esthers und Avis Stimmen zusammen mit dem allnächtlichen Krimi-Personal in den Schlaf begleitet hatten.

In der Abflughalle stieß Michal zu ihnen. Sie war am Vorabend nach Tel Aviv gefahren, um Ofer zu begrüßen, der von seiner Dienstreise zurück war.

»Schade, dass ihr euch nicht kennengelernt habt!«, sagte sie bedauernd.

»Das holen wir nach ...«, erwiderte Daniel.

Avi flachste: »Du kommst also wieder?«

»Natürlich kommt er wieder!« Michal setzte eine entrüstete Miene auf. »Oder willst du bei der Hochzeit deiner Cousine etwa nicht dabei sein?«

»Das sind ja Neuigkeiten!« Esther, die seit

dem Aufbruch aus Kfar Zevulon in sich gekehrt wirkte, fand zu ihrer gewohnten Lebendigkeit zurück. Sie küsste ihre Tochter und übersäte sie mit unzähligen Worten, die alle auf *i* oder *le* endeten.

»Es wurde auch Zeit«, kommentierte Avi launig, »ich dachte, ihr kommt nicht mehr zu Potte. Ich möchte Enkel auf meinen Knien wiegen!«

»Du hast schon drei ...«

» ... weit weg in Kanada und Australien.«

Eine Familie, in der geheiratet wurde und Kinder auf die Welt kamen! Daniel wurde vom Überschwang angesteckt und nahm Michal in den Arm. »Natürlich komme ich zu eurer Hochzeit. Und vielleicht bringe ich meinen Sohn mit.« Niemals würde Sandra das Kind für eine so weite Reise herausrücken, aber für den Moment half ihm der Gedanke. Irgendwann würde er mit Jan herkommen und ihm die Heimat seines Großvaters zeigen.

»Oh bitte, bring den Kleinen mit!«, bettelte Michal.

»Euer Ferienhaus hast du ja schon vorbereitet«, sagte Esther.

»Du meinst die alten Hütten?«

»Warum nicht? Avi und die anderen streichen die Häuser fertig, dann fehlen nur noch ein vernünftiger Boden und ein paar Möbel, das ist *tshik tshak* erledigt.

»Und das Wasser fließt wie früher aus einem Wasserhahn auf dem Hof. Ist doch abenteuerlich«, meinte sein Onkel.

»Sollte es nicht eine Art Museumsdorf werden?«, gab Daniel zu bedenken.

Seine Cousine war pragmatisch. »Warum nicht beides verbinden? Ein Kibbutz wie in den 40er Jahren, in dem die Leute ihren Urlaub verbringen.«

Daniel setzte noch eins drauf. »Inklusive Wacheschieben, Steineschleppen und karges Essen. Das spült nebenbei Geld in eure leeren Kassen!«

»Hin und wieder könnten Palästinenser aus Shfar'am einen Überfall simulieren, Abdulkader würde uns sicher die Kontakte verschaffen!« Esther überbot sie alle.

Sie spannen den Faden eines Erlebnisparks immer weiter. Daniel dachte an so etwas wie die Karl-May-Festspiele, während Avi ein Boot-Camp vorschwebte, das seinen Besuchern gegen entsprechendes Geld physische und psychische Grenzerfahrungen ermöglichte.

Am Check-in wurde Daniel still. Warum musste es ausgerechnet jetzt zu Ende sein? Ein Tränenfilm legte sich über seine Augen. Er ließ die Menschen mit ihren Koffern tanzen und die Städtenamen auf den Anzeigetafeln verschwimmen.

Die Tränen, die an *Abbas* Grab gefehlt hatten, bahnten sich nun mit aller Macht ihren Weg.

Tante Esther nahm ihn fest in den Arm. »Du bist willkommen immer«, sagte sie mit brüchiger Stimme und holte ein Taschentuch aus ihrer Handtasche. Onkel Avi schaute verlegen auf seine Schuhe, als würde ein Kratzer auf dem braunen Leder seine ganze Aufmerksamkeit beanspruchen. Schließlich fasste er sich ein Herz und klopfte Daniel freundschaftlich auf die Schulter.

»Gute Heimreise. Und grüß deine Mutter. Vielleicht erinnert sie sich an uns.«

Zuletzt trat Michal zu ihm. »Kämpfe um deinen Sohn und komm zu unserer Hochzeit!«

»Und ihr könnt mich an Karneval in Köln besuchen. Ihr kostümiert euch doch gerne!« Daniel schmunzelte beim Gedanken an die Flower-Power-Verkleidungsaktion im Schlafzimmer.

Fast beschwingt machte er sich nach dem Abschied auf den Weg zur Passkontrolle. Das Schlimmste war geschafft. Er betrachtete die Leute mit ihren dunkelblauen Pässen, verziert mit einem siebenarmigen, von Olivenzweigen umkränzten Leuchter. Leicht hätte es sein Pass sein können! Wenn Onkel Eliezer seine Eltern unterstützt oder *Abba* sich nicht davongestohlen hätte.

Wie wäre sein Leben mit dem dunkelblauen Pass verlaufen? Er wäre Soldat gewesen. Hätte während der *Intifadas* auf palästinensische Jugendliche geschossen und bei der Räumung jüdischer Siedlungen im Gazastreifen Männer, Frauen und Kinder aus ihren Häusern geschleppt. Sicher hätte er von alldem Schaden genommen. Einen anderen Schaden. Vielleicht hinge sein Portrait heute an der Gedenkwand von *Bet Itai* oder einem der zahlreichen anderen Erinnerungsorte Israels.

Im Duty-free-Shop kaufte er für Annette einen Karton Maccabi-Bier und stellte sich vor, sie würden es zusammen auf Esthers Terrasse trinken. Zikaden zirpen in die sternenklare Nacht, vom Festplatz vor dem Speisesaal dringen Klänge des freitäglichen Folkloreabends herüber. Er zeigt Annette *Abbas* Grab, anschließend fahren sie an den Strand.

Auf Adlers Flügeln

Die Maschine flog einen scharfen Halbkreis über dem Flughafen. Daniel schaute auf die Erde hinunter. Helles, freundliches Land. Das Land, in dem sein Vater geboren wurde, einen Großteil seines Lebens verbracht hatte und gestorben war. Da unten lag er beerdigt und auf seinem Grab ein Kieselstein vom Kölner Rheinufer. Da unten sprangen Steinböcke von Fels zu Fels und streiften Schakale durch die Wüste. Ihm fiel die Geschichte der beiden Tiere am Jordan ein, die er den Kindern in der *Westbank*-Siedlung erzählt hatte und fantasierte sie weiter. Das östliche Tier bewegte sich auf tausend Beinen flink durchs Gelände. Nein, tausendundeinem Bein, schließlich waren sie im Orient! Das westliche Tier hingegen besaß tausendundein Auge und hatte einen beneidenswerten Rundumblick. Eigentlich wären sie ein gutes Team.

Daniel nahm sich vor, die Geschichte für Jan aufzuschreiben und mit selbstgemalten Bildern zu illustrieren. Wenn der Kleine versuchte, die Tiere aus dem Buch herauszunehmen und lebendig werden lassen, würde ihn niemand dafür belächeln.

Das Flugzeug warf seinen Schatten zuerst auf Dünen und dann aufs Meer. Daniel schaute zurück, bis die gerade Küstenlinie endgültig im Dunst verschwunden war. Er schwor sich, wiederzukommen und wurde müde.

Im Bus nach Lüneburg schütteln sich die Reisenden vor Lachen. Lach mit, fordert ihn Annette auf, die unbemerkt zugestiegen ist. Bei Rita fotografiert er den gedeckten Mittagstisch und die wichtigsten Seiten ihres Kochbuches. Anschließend fahren sie im *Sabra* weiter zu Tareks Feriendorf. Daniel steuert, während Annette ihren Kopf weit aus dem Fenster hält. In *Abbas* Bademantel führt er Jan auf einem Pony durch Orangenhaine. Immer wieder streichelt das Kind den warmen Pferderücken und jauchzt, wenn es eine Frucht vom Baum pflücken darf.

Susanne Wirtz, Jg. 1964, hat in Köln und Haifa/Israel Geschichte, Judaistik und Politik studiert. Sie arbeitete als freie Journalistin u.a. für das Haus der Geschichte, den WDR und die Jüdische Allgemeine Zeitung. 2020 veröffentlichte sie das Tagebuch »Der blaue Himmel über Corona«. Viele ihrer Geschichten sind in Anthologien und im kkl Kunst-Kultur-Literatur Magazin veröffentlicht. Zum Broterwerb und doch mit Freude coacht sie seit vielen Jahren Migranten und Flüchtlinge.

.